龍雲
作品

龍雲
作品

龍雲 著
啻異 繪
黃泉委託人
死神印記

死神印記

人物簡介

謝任凡

一名看似平凡的男子，卻有一個在黃泉界響噹噹的名號——「黃泉委託人」。在陰年陰月陰日陰時陰分陰地出生的極陰之子，擁有強大的靈力與陰陽眼，藉著自己的能力，替鬼辦事收取酬勞為生。擁有兩個鬼老婆，並能與鬼稱兄道弟，卻不擅長與人交往。為了找尋生母的靈魂而來到歐洲，重操舊業後，在歐洲的黃泉界同樣掀起一陣旋風，被尊稱為Z先生。而好不容易找到母親的任凡，卻在與蒼穹之瞳的繼承人交手之際，意外因不明原因而失明。

小憐、小碧

兩人原為黑靈，在任凡的感化下，化解了怨氣，並一起成為任凡的妻子。兩人互認為異姓姊妹，比較成熟嫻淑的小砦是姊姊，而比較俏皮可愛的小憐則為妹妹。與任凡一起來到歐洲，是任凡得力的左右手兼隨身翻譯。

撚婆

法師界有名的「三爺四婆」中的撚婆，是位個子嬌小卻法力高強的法師。當年為了學習法術，選擇孤老終生作為代價，是孟婆在人間十三個乾女兒中最後一個在世的。獨自撫養任凡長大，是任凡在人世最為親近的乾媽。個性直來直往，退休後獨自住在山區，過著簡樸的生活。未與任凡一起前往歐洲，但在任凡離開台灣前，不忘交給他重要的丹藥。最後任凡也利用這個丹藥打敗安東尼，順利救出自己的生母。

爐婆

法師界有名的「三爺四婆」中的爐婆，是撚婆的師妹，五十幾歲卻很時尚，三不五時還會烙英文。法力不凡，卻曾因說實話得罪過人，自此抱著遊戲人間的心情。因某件事情被逐出師門，由於撚婆挺身而出，對撚婆充滿敬意。在任凡的一次委託中，成為方正的乾媽、旬婆的乾女兒。

馬可波羅

著名的《馬可波羅遊記》作者。曾尋求借婆的幫忙，而讓《馬可波羅遊記》聞名於世。熟悉東西方的黃泉界，非常喜歡任凡，因此常常待在任凡的身邊。

借婆

陰間的大人物，與孟婆、旬婆並稱黃泉三婆。手持有顆八卦球當杖頭的八卦杖是她的註冊商標。相傳每兩個鬼魂中，就有一個欠借婆債。是黃泉界的大債主，也是唯一可以插手因果的人物。與任凡因緣匪淺，在任凡前往歐洲的這段時間，擅自住進任凡的根據地。目前已卸下借婆的光環，成為別殿閻王。

楔子・雪中奇景

法國巴黎的夜晚，天空飄下白雪。

這場初雪來得有點快，雖然距離冬天還有一小段時間，但白雪卻提前來報到了。

街上往來的人潮零零落落，每個人都緊拉著自己的領口，低頭快步朝各自的目的地前行。

對大多數的人來說，除了這場來得突然的早雪外，一切如舊，並沒有什麼太大的變化。

但對歐洲的黃泉界來說，一切都不一樣了。

大約在幾個月前發生的一件大事，徹底改變了包括這裡在內的全歐洲黃泉界。

此刻的黃泉界就好像鴨子划水那樣，水面上看起來平靜，水底下卻是激烈萬分。

當然，這一切對同屬一個空間的人世間來說，沒有半點影響，除了最近可能有比較多的人見到鬼外。

只不過，對世間的人類來說，在倫敦舉辦的奧運，各國的債務危機，未來可能面臨的金融風暴等等的話題，才是他們在意的事情。

至於黃泉界的一切，就像過去一樣，雙方都處於井水不犯河水的狀態。

不過隨著一方的騷動逐漸擴大，另一方被捲入，也只是時間的問題而已。

在這初雪紛飛的夜裡，一名男子轉進這條熟悉的街道中。

雖然才剛入夜，但街上已經鮮少人煙，所有人都被這場雪趕回屋內，所以整條街上就只有男子一個人。

男子不可能知道黃泉界的任何事情，在他過往的人生中，也不曾見過鬼魂。

但在這條街上即將發生的事情，卻會讓男子永生難忘。

這條街道是男子十多年來，每天通勤必經的道路，對男子而言再熟悉不過了。

正如往常一樣，男子在差不多的時間，走入這條街道，腦海裡想的，只是快點回到家，換掉這身衣服。

就在男子走到街道中段時，一道聲音吸引了男子的注意。

嚓、嚓、嚓、嚓——

某種摩擦聲，傳入男子的耳中。

這聲音雖然細微，但感覺似乎非常接近，就好像從男子身後發出來似的。

這讓男子停下腳步，轉過身去。

究竟是什麼發出這樣的聲音？

男子納悶地看著後面的街道。

整條街上除了自己外，就沒有其他人了。

街道的地上覆著一層薄雪，還不至於影響行走，就是滑了點。

對長年生活在巴黎的男子來說，這點雪也算是司空見慣了。

街道大致來說還算是寧靜，只有遠處偶爾傳來的汽車喧鬧聲。

看了一會，沒看到什麼異狀，男子聳聳肩，正準備回頭。

這時，就在男子的眼前，那聲音又傳了出來。

嚓、嚓、嚓、嚓——

男子就這樣看著聲音傳來的地方。

明明就在眼前，卻什麼也沒有。

這到底是怎麼回事？

氣溫似乎正在驟降中，男子皺著眉頭，將雙手放在嘴巴前吐了口氣，準備回頭繼續踏上自己返家的路程時，那摩擦聲又傳入耳中。

這次除了那令人不解的摩擦聲外，男子還聽到了好像有人在說話的聲音。

「……買……火柴……嚓、嚓。」

為什麼會有這聲音？

恐怖的感覺浮上心頭，剎那間他了解那個摩擦聲到底是什麼了。

那應該就是火柴摩擦火石的聲音。

就在男子這麼想的同時，又傳來「嚓」的一聲，男子清楚地看到就在眼前什麼都沒有的空中，竟然冒出了一點火花。

火花之後，一團小小的火光凌空出現。

火光之中，一張恐怖的臉孔浮現在男子眼前。

「嗚啊——」

男子雙腿一軟，整個向後跌坐在雪地上。

那一丁點的火光就好像鬼火般，飄浮在空中，映照出同樣飄浮在空中的一張臉。

那是張滿臉鮮血的小女孩臉孔，臉上還掛著一個甜美的微笑。

「要不要買……」小女孩對男子笑著說：「我的火柴？」

男子苦著臉張大了嘴，一連向後爬了好幾步才勉強從雪地上撐起來。

無意間回頭一瞥，張大嘴準備要尖叫的男子，一口氣到了喉頭竟然猛地頓住。

他身後的馬路，竟然有一整隊整齊劃一，宛如軍隊的行列，朝自己走來。

領頭的隊長穿著一身中古世紀的盔甲，頸子以上卻完全是空的，手上拿著頭盔，頭盔中可以看到一張臉，張大嘴巴發號施令。

除了領頭的隊長外，後面整齊劃一的隊員們也不遑多讓，不是缺了手，就是頭開了個洞。

男子這輩子從沒見過任何鬼魂，誰知道第一次遇上就看到這麼多。

他全身發軟，再度坐倒在雪地上，動彈不得，只能眼睜睜看著大軍，朝自己而來。

不幸中的大幸是，由於人鬼殊途，讓男子免於被踐踏至死。

但過度的恐懼，讓男子尿濕了褲子，極為狼狽。

大軍完全無視男子的存在，穿過男子後，在街道的另一頭消失得無影無蹤。

男子渾身顫抖，在雪地上呆坐了好一陣子後，才好不容易回過神來。

他張大嘴，放聲尖叫。

「啊——」

驚叫聲劃破這場初雪的夜空，甚至傳到鄰街的窄巷內，打斷了一個流浪漢深沉的思緒。

「有、有鬼啊！」

回過神來的男子，立刻舞動著自己的雙手、雙腳，拚老命地從滑溜的雪地上爬起來。

好不容易爬起來後，男子發出了意想不到非常尖銳的慘叫聲，然後連滾帶爬地逃出了街道。

身後空無一人的街道，在一團微弱的火光中，可以隱約地看到一個身影，一個滿臉是血的小女孩身影。

男子這輩子不會再踏入這條街道，也永遠不會忘記今晚在這條街道上所見到的一切。

只是男子不知道的是，他這一聲求救的呼喊，竟然會讓兩個靈魂的命運，因此緊緊地結合在一起。

第1章・死神印記

1

任凡死了。

那個名震天下的黃泉委託人謝任凡，竟然就這樣死了。

黃泉界的鬼魂們口耳相傳著，大約在兩個月前，黃泉委託人謝任凡與君臨黃泉界的帝王——蒼穹之瞳安東尼進行了一場大戰。

任凡雖然打倒了安東尼，但因為重傷之故，任凡最後也回天乏術。

然而，最讓鬼魂們動盪不安的是，在打敗了安東尼後，任凡開啟了黃泉界最具盛名的「潘朵拉之門」。

這扇門在黃泉界中，與地獄齊名，也是西方黃泉界最負盛名的一扇門。

西方的鬼魂間流傳著一句俗語：「寧可入地獄，也不走入潘朵拉之門。」

相傳，在那扇潘朵拉之門的背後，有許許多多讓人難以想像的恐怖鬼魂。

而就在任凡打敗安東尼的那天，這扇禁忌之門被打開了，整個黃泉界，頓時陷入前所未有的風暴中。

萊茵河畔的懸崖邊，這裡有一座被人遺忘的城堡。

在過去的幾年中，這裡有過它最風光的時刻。

絡繹不絕的鬼魂與許多在這裡盤據定居的鬼魂，讓這座城堡熱鬧至極。

雖然這麼說或許很奇怪，但這裡的確因為這些鬼魂而充滿了活力與生氣。

然而，在任凡死後，這裡再度回到它過去應有的面貌。

不再有鬼魂造訪此地，而原本盤據的鬼魂，也隨著時間越來越少。

看著空蕩蕩的城堡，就連馬可波羅都不禁感嘆世態炎涼。

這裡曾是如此的熱鬧，但現在卻是如此的冷清。

聚集在這裡的鬼魂都知道，任凡是被誰害死的。

他們都知道，任凡明明就打贏了君臨黃泉界的霸主蒼穹之瞳安東尼。

跟黃泉界盛傳的，任凡是跟安東尼同歸於盡不同。

但這也改變不了任凡死亡的事實。

或許對任凡來說，有這樣的句點也算是氣派了。

畢竟再怎麼說，與黃泉界的帝王交手而亡，死在戰場上，總比被一個女人拿著炸彈要脅，最後兩人一起墜落萊茵河同歸於盡要來得好吧？

對那些集中在這裡的鬼魂來說，既然任凡死了，聚集在這裡也沒有任何意義了。

結果就在任凡死後的短短幾天之內，原本熱鬧非凡，這座黃泉界最有名的城堡，只剩下馬可波羅一個了。

這幾天，馬可波羅每天都會飄入萊茵河，他希望可以找到任凡的屍體或靈魂。

對馬可波羅來說，任凡是他最要好的朋友。

他不會跟那些鬼魂一樣，在這種時刻拋棄自己最好的朋友，就算任凡變成鬼，他們的友誼還是可以繼續。

可是，每天搜尋的結果總是讓馬可波羅失望。

然而萊茵河是如此的大，支流繁雜，就算多給馬可波羅一百年的時間，恐怕都沒有辦法搜完。

今天，在經過了一整天的搜索之後，結果還是讓馬可波羅失望。

回到這座已經變成廢城的城堡，馬可波羅更感覺到無力與心酸。

雖然早就知道，一旦任凡不在了，這座城堡自然會有這樣的一天，可是在短短不到幾天的時間，大家就鳥獸散光了，還是讓馬可波羅感覺到鬼情冷暖。

難道任凡對大家的意義，真的就只有黃泉委託人嗎？

難道這世間真的沒有真感情了嗎？

人跟人，不，鬼跟人之間，就不會出現不離不棄的感情嗎？

對這些鬼魂們的無情，馬可波羅雖然感到心寒，但現實不就是如此嗎？

「唉——」馬可波羅長長地嘆了一口氣。

雖然鬼魂沒有實體不會疲累，但每當想到這裡再加上遍尋不著任凡，馬可波羅就感到心力交瘁。

正準備進入城堡中，好好休息一晚，明天再繼續搜索的馬可波羅，突然感覺到不太對勁。

猛一回頭，身後遠遠的叢林中，有種熟悉的感覺。

是誰？

一開始還以為是那些無情的鬼魂，有一兩個良心發現，所以跑回來了。

可是那熟悉的感覺卻是越來越濃烈，讓馬可波羅的頭越側越歪。

這感覺……

不是……

任凡嗎？

果然在馬可波羅這麼想的同時，叢林的出口緩緩地浮現了一個人影。

那人衣衫襤褸，手上還緊緊抓著一根木頭當枴杖，一拐一拐地朝城堡而來。

雖然外觀極為狼狽，但馬可波羅非常確定，這人正是他朝思暮想的朋友。

——真的是任凡！

看見的瞬間，馬可波羅整個愣在原地。

想不到任凡不但真的回到了城堡，而且更重要的是，任凡還活著。

馬可波羅的淚水在眼眶裡面打轉，喃喃地說道：「還活著，他竟然還活著，真是太好了。」

馬可波羅話才剛說完，只見任凡雙腳一軟，整個人就倒在地上。

「啊咧！」

想不到自己還在慶幸任凡活著，他立刻就倒下了。

馬可波羅見狀，趕緊衝過去。

任凡一臉慘白，全身冒著汗，一臉痛苦萬分地躺在地上。

「任凡！」馬可波羅叫道：「任凡你沒事吧？發生什麼事情了？」

「水……」任凡緊閉雙眼痛苦地說：「給我水……」

聽到任凡這麼說，馬可波羅一凜。

印象中在跟安東尼交手後，對黃泉界的鬼魂來說，任凡不只瞎了，還聾了。

不管任何鬼魂跟他說話，他都聽不到，也因此斷了一切與黃泉界的連結。

「任凡你聽得到我講話嗎？」馬可波羅激動地說：「你知道我是誰嗎？」

任凡在地上勉強地點了點頭說：「知道，廢話很多的馬可波羅。」

「對！對！」馬可波羅先是一臉興奮，然後才意識到任凡話中的諷刺，垮下臉說：

「是……關心你的馬可波羅。」

痛苦的任凡用手指著嘴巴，示意馬可波羅幫他拿水。

馬可波羅看到了才想起來叫道：「對！拿水！你先在這邊躺一下，我去城堡裡面拿水。」

馬可波羅說完快速回到城堡，過了一會，果然用杯子裝來滿滿的一杯水。

任凡接過後，一口將水飲盡，彷彿好多天沒喝到水的模樣。

喝完水的任凡，頭一仰，整個人就暈了過去。

看著任凡身上穿的衣服，馬可波羅不解地想，怎麼會破爛成這樣？

從外觀看，任凡身上的這件衣服的確是任凡墜落萊茵河時所穿的衣服。

馬可波羅擔心任凡身上有傷，必須趕快處理，於是將任凡的衣服掀開，馬可波羅側著頭，看著任凡裸露的胸膛。

在任凡的胸膛中央，有一處彷彿是藍色胎記的汙漬。

先前任凡被紅龍之眼的傳人飛燕打傷時，馬可波羅曾幫小憐、小碧一起處理過傷口，當時也看過任凡的胸膛，不過印象中並沒有看到這片有點像是胎記的汙漬。

不過不知道為什麼，馬可波羅總覺得自己在哪裡看過這樣的汙漬。

那顏色因為極為模糊，所以馬可波羅也不以為意。

順眼再往下，馬可波羅終於看到了重點。

在任凡的腹部，有個散發著黑氣的痕跡，直直的一小條，看起來倒有點像是手術的痕跡。

馬可波羅側著頭看了又看，皺了皺眉頭後，突然內心一凜。

……不會吧！

一個恐怖的推測浮現在馬可波羅的腦海裡。

為了證實這個推測，馬可波羅將任凡翻過身，他將任凡後面的衣服也掀開。

果然，在背後相對的位置上，也有同樣的一痕。

看到這一痕，馬可波羅嚇得跳起來。

這是……

為什麼？

原本沉浸在任凡還活著的喜悅心情，此刻已經消失得無影無蹤了。

對馬可波羅來說，這比知道任凡死了還糟糕！

畢竟如果這東西真的是馬可波羅所知道的那個東西，那麼馬可波羅還寧可希望任凡就這樣死掉還比較好一點。

馬可波羅看著任凡，驚恐的表情全都寫在臉上。

他完全無法想像與猜想，為什麼任凡的身上會有死神印記。

2

——兩個月前。

「讓我們一起下地獄吧。」

任凡對安東尼這麼說之後，縱身一跳，抱著安東尼從四樓高的城堡往下墜。

當時，任凡就是這樣解決了安東尼。

想想也真是諷刺到了極點啊。

想不到幾天後，自己也會在同樣的情況下，被一個女人抱著，從城堡高樓摔下，掉入萊茵河中。

任凡在小憐、小碧的救助下，保住一命，恢復了聽力，但雙眼仍然看不見。

摸著山壁走在萊茵河支流的河谷中，任凡不禁這樣自嘲著。

之前小憐、小碧在與任凡對戰時，身上也受了重傷，一時之間還沒有完全痊癒。

所以雖然救到了任凡，卻無法幫他從山谷中脫身。

反正三人也不急，便沿著萊茵河往上，順便養傷。

歐洲之行的目的已經達成了，任凡找到自己母親的魂魄，也順利將她救了出來。

雖然未能見到母親一面、聽到母親的聲音，但對任凡來說，這樣已經足夠了。

於是，任凡跟小憐、小碧決定離開山谷後，就回台灣。

三人一連在溪谷中，走了半個月。

這段日子，任凡全靠著小憐、小碧幫他蒐集來的食物度過。

今天小憐、小碧又出去尋找食物，任凡自己一個人摸著山壁，繼續沿著河道向東走。

這些日子，任凡已經逐漸適應看不見東西的生活。

至今，任凡仍不知道到底是什麼原因，導致他的視力受損。

但或許是靈力比一般人還要強的關係，任凡很快就習慣這看不清楚的日子。

即便身處在黑暗之中，他還是可以感覺到小憐、小碧，除此之外，他也透過嗅覺與觸覺，勉強勾勒出四周環境的一點線條。

任凡就這樣一個人摸著山壁，勉強地沿著河流，走在山谷之中。

前幾天聽小憐說，似乎再走個幾天，就有機會離開山谷。

在前面，有個比較平坦的斜坡，如果順利的話，應該可以從那邊離開山谷。

雖然到了上面，還是森林，離道路還有很長一段距離，但至少比較靠近有文明的地方了。

一旦回到文明世界，回家就是件簡單的事了。

任凡摸著山壁，緩緩向前走。

也不知道走了多久，突然一種奇怪的感覺襲上心頭。

他感覺到一個來自靈界的人，出現在自己的前面。

雖然雙眼看不見，無法像過去一樣，一眼就看出對方的屬性是白靈、紅靈還是其他，但光憑感覺，那股強大的力量，任凡非常肯定眼前的這個，一定是黑靈，而且還是能力異常強大的黑靈。

任凡停下腳步，沉下臉將頭轉向對方所在的地方。

「……你是誰？」任凡問。

耳中傳來的是潺潺的流水聲，偶爾夾雜著些樹葉相互摩擦的聲音，窸窣作響。

對方沉默了一陣子後，緩緩地說：「我是什麼人不重要，倒是你，知不知道自己做了多麼不得了的事？」

對方這一問，可真問倒任凡了。

對任凡來說，過去他做過自己覺得是小意思的事，對很多人來說卻是不得了的大事。天曉得對眼前的這個黑靈來說，什麼樣的事是「不得了」的事情。

但任凡當然也知道善者不來，來者不善的道理，在小憐、小碧不在，自己雙眼又看不見的情況下，不適合跟這樣的凶靈對立。

「有正確答案嗎？」

任凡知道對方心中一定有答案，不然不會突然出現在自己的面前這麼說。

他也懶得猜了，索性直接用問的。

對方又沉默了一會後，才壓低著聲音說：「你知不知道你在跟誰說話？」

任凡聽了，挑起眉說：「你不是說你是誰不重要嗎？」

聽到任凡這麼說，對方再次陷入沉默，不過任凡可以明顯地感覺到，那股不安又充滿威力的靈氣，有越來越強大的趨勢。

在一陣沉默過後，對方強壓著怒氣說道：「我是死神。」

任凡因為雙眼看不見，所以自然看不到站在他眼前的這個黑靈，身上不但披著一件大黑披風，手上還拿著一把大鐮刀。

「呼——」聽到對方是死神後，任凡突然鬆下了原本緊繃的肩膀，一派輕鬆地說：「早說嘛，我還以為你是什麼充滿怨念的惡靈。」

對任凡來說，死神就是西方的鬼差，換言之就是地獄的使者。

他們有必須遵守的規則，比起那些見人就殺的惡靈來說，他們也算是比較好掌握的一群鬼魂。

更何況，鬼差跟任凡一向是井水不犯河水，如果可以的話，還能彼此合作，各蒙其利。

但對死神來說，這樣的反應大出死神的意料之外，他仰起頭，黑色頭罩底下一對大眼凝視著任凡。

從來沒有見過任何活人，在聽到自己是死神之後，還能「鬆一口氣」的。

「我再問你一次，」死神握緊了手上的鐮刀說：「你知不知道自己做了多麼不得了的事？」

「我也說了，」任凡搔了搔頭說：「我做過很多事，但也有很多事跟我無關，既然你心中有正確答案，不如直接跟我說，如果是我做的，我會老實承認的。」

兩人之間又是一片沉默。

即便是死神，這傢伙真是太不健談了，也很容易搞僵氣氛，實在是……

就在任凡這麼想的時候，死神口中說出了一個任凡從來沒有聽過的名詞。

「潘朵拉之門。」

「啊？」任凡一臉狐疑地說：「那是什麼？」

「你打開了潘朵拉之門。」

「什麼？」任凡挑起眉毛，搖搖頭說：「我連那是什麼都不知道，怎麼打開啊？」

「你不承認？」死神淡淡地問。

「不是不承認，」任凡皺著眉頭說：「我是真的不懂你的意思。」

死神聽了，身子向後退了一點，突然揮動手上的大鐮刀，由下往上直直朝任凡的腹部揮去。

不要說任凡現在看不見，就算看得見也不見得來得及反應。

死神手上那把黑色的大鐮刀，刺穿了任凡，鐮刀從腹部刺入，從後背中央刺出。

「現在……」死神冷冷地說：「你應該聽得懂我的意思了吧？」

死神將鐮刀抽拔出來，任凡的腹部沒有噴出血，只留下一道刀痕，不住地冒著黑氣。

任凡倒在地上，張大嘴想要嘔吐，卻吐不出半點東西。

強烈的劇痛讓任凡發不出任何聲音，只能痛苦地在地上掙扎。

死神低下頭來對著任凡說：「你……被標記了！」

3

城堡的主臥室內，任凡躺在床上。

小憐、小碧與馬可波羅站在床邊，三人均是一臉憂慮地看著任凡。

幾天前，就在兩人外出尋找食物時，任凡似乎受到鬼魂的襲擊，等兩人回到任凡身邊時，他已經倒在地上，腹部與背部也是從那時候開始出現此刻眼前所見到的黑色傷痕。

雖然任凡沒有死，但身體卻因此十分虛弱。

三人好不容易離開河道，回到森林，眼看古堡就在面前，因為任凡吵著要喝水，兩人便去幫他找水，任凡自己回到古堡，就暈過去了。

在馬可波羅的解釋下，小憐跟小碧才知道那天找上任凡的，很可能是死神。

「馬可波羅大哥，」小憐對馬可波羅說：「你就跟我們解釋一下，到底什麼是死神印記吧。」

「唉，」馬可波羅重重地嘆了一口氣說道：「那是死神的一種記號。西方的死神跟東方的鬼差差不多，其實做的就是相同的工作。帶著往生者的鬼魂，到地府或地獄去接受審判。」

馬可波羅是個縱貫古今，橫跨東西方文化的鬼魂，對這些古老的傳說與風俗瞭若指掌。

「人的死法，關係到他成為鬼魂後是哪種身分，這點不管東西方都一樣，差別只是前往的地方不同而已。」馬可波羅看著任凡說：「簡單來說，是枉死還是天命已至，這關係到死神會不會找上你，這些規則我想妳們兩個應該非常熟悉。」

小憐與小碧點點頭，的確這點不管是東西方來說，都是一樣的。

天命還沒有到的人因為自殺或其他原因死亡，是最常見滯留人世間的典型鬼魂。

為了收容這些鬼魂，東方還有枉死城這種地方。

「然而被死神標記，卻是在這兩者之外。」馬可波羅一臉沉重地說：「簡單來說，被死神做了記號的人，等於直接被宣告死亡，不管你的天命還有多久。」

兩人聽到馬可波羅這麼說，一起沉下臉，並互看了一眼。

「這還不是最糟糕的，」馬可波羅搖搖頭說：「最慘的是由於這個死法，不屬於正常的輪迴程序，所以被死神標記的人，死亡後，會成為死神永遠的奴隸，永世不得轉生。」

的確，對早就已經看透死後世界的任凡，或者本身已經生活在死後世界的小憐、小碧來說，有時候死亡並不是那麼可怕的事情，而真正嚴重的，正是馬可波羅現在所說的事情。

——即便死後，也必須永生永世成為死神的奴隸，不得超生。

「還有更糟糕的，」馬可波羅緊閉著雙眼說：「對那些膽小怕事的鬼魂來說，死神印記這種東西就好像瘟疫一樣，雖然不會傳染，但死神印記等於是一種宣告。任何鬼魂如果幫助了他，就是跟死神過不去。」

剩下的就算馬可波羅不說，小憐、小碧兩人也能想像。

不管對活人還是遊蕩在人世間的鬼魂來說，死神帶來的只有死亡與絕望，不會有任何人跟鬼，想得罪死神。

換句話說，一向在黃泉界非常吃得開的任凡，這下簡直是從天堂掉到了地獄。

就算任凡暫時保住一命，這樣的標記也代表了，任凡可能再也不能像過去一樣，以黃泉委託人的身分在黃泉界打滾了。

「一般來說，」馬可波羅皺著眉頭說：「死神印記已經成為了一種傳說，畢竟不管是哪個世界，都會有需要共同遵守的紀律與規則。基本上死神是不會隨便動用這印記。從我有印象以來，還沒見過有任何人或鬼被標記的，按理說只有得罪死神的人，才會被死神烙上這樣的標記。」

小憐跟小碧聽了之後，面面相覷，她們實在不知道任凡什麼時後跟死神有過過節了。

「凡到底做了什麼事情，得罪了死神？」小碧問馬可波羅。

「應該就是……唉——」馬可波羅沉重地嘆了口氣說：「潘朵拉之門。」

兩人聽馬可波羅這麼說，都是皺起眉頭一臉疑惑。

「那到底……」熟悉的聲音從三人後面傳來：「是什麼鳥東西啊？」

三人回頭，只見任凡已經清醒，並坐起身。

聽到任凡這麼問，馬可波羅一臉不可思議地看著任凡。

怎麼會……任凡本人竟然一點都不知道？

4

法國郊區的一座古堡。

這裡曾經是一個神秘組織「滅龍會」的根據地，但是在一個月前，這個神秘的組織被任凡與另外一名來自東方的男子江飛燕給瓦解了。

而任凡正是在這座古堡中，與君臨天下，號稱西方黃泉界最厲害的男人安東尼，展開對決。

雖然任凡最後成功打倒安東尼，但雙眼也在這場戰鬥中，因不明的原因失明。

任凡跟著小憐、小碧與馬可波羅再度造訪此地。

那場大戰後，古堡已經被封鎖線圍了起來。

經過調查，警方認定兇手是那位近來在歐洲連續犯案的恐怖分子——江飛燕。

雖然任凡知道，這並不是事實真相，但也沒有必要為飛燕做任何事，因為任凡非常清楚，一般的警察，是不可能抓得到飛燕的。

雖然一個月前，任凡被飛燕震出窗外，墜落萊茵河中後，就再也沒有見到飛燕了。

不過任凡相信，飛燕只是踏上了另外一個旅程，他甚至有種兩人在未來一定還會重逢的感覺。

在三人的協助下，任凡避開留守的警方，穿過封鎖線，進入古堡。

古堡的中庭，還散落著一具被炸爛的棺材，四處可以見到爆炸過後的痕跡。

走到內廊，到了大廳，地板上彷彿街頭藝術般，畫滿了人形，由此可知當時的死傷有多麼慘重。

任凡跟三人一起再度來到位於西塔上層的房間。

原來，這就是潘朵拉之門啊。

摸著這扇大開的鐵門，任凡苦笑了出來。

想不到，這扇囚禁著任凡母親靈魂的大門，竟然就是死神與馬可波羅口中所說的潘朵拉之門。

「沒有人知道這扇門到底是誰建造的，」馬可波羅說：「只大略的知道，大約一兩百年前，西方的黃泉界開始謠傳關於這扇門的事情。」

「這扇門該不會是死神建造的吧？」小憐皺著眉頭說：「不然為什麼凡開了這扇門，死神會這麼生氣？」

「是不是死神建造的我不知道，」馬可波羅搖搖頭說：「可是這裡面關的鬼魂，有很多都是死神通緝多時的重大鬼魂，其中當然也不乏一些威力強大的凶靈，現在全部都因為這扇門被開啟而重返人間。如果真的要我說，我看多半就是這個原因吧。」

任凡摸著門，彷彿沒有聽到馬可波羅說的話。

畢竟不管怎麼說，就算知道為什麼得罪了死神，對眼前的情況還是一點幫助也沒有。

「開都已經開了，」小憐噘起嘴說：「不然現在關起來可以補救嗎？」

小憐說著，走到了門邊，伸出手，作勢就要將門關起。

小憐的手伸到一半，就被一旁的小碧抓住，小憐開口想要詢問，卻瞬間也變了臉。

不只有小憐、小碧，就連一旁的馬可波羅與任凡，這時臉上的表情都起了變化。

除了任凡之外，其他三人一起望向門口，與此同時門口的地板上冒出了一陣黑煙。

煙霧來得又急又快，很快就包圍了整個門口。

在煙霧中，一個手持鐮刀、穿著黑色斗篷的黑影從這陣黑霧中緩緩地走了出來。

不需要多做介紹，眾人也非常清楚眼前是什麼情況。

——死神駕臨了！

5

現在是大白天，有著一整片窗戶的光線，投射在地板上。

但死神所在的空間，卻彷彿黑暗才是一種「光線」，可以驅走任何光亮，導致整個房間都籠罩在昏暗中。

小憐、小碧不自覺地朝任凡靠過去，馬可波羅兩眼發直，動也不動地站在原地，不敢有絲毫動作。

「如何？」死神對任凡說：「你還想要否認嗎？」

「不，」任凡平靜地說：「我現在才知道那是潘朵拉之門。」

「這是你的脫罪之詞嗎？」

任凡聳聳肩。

他的確不知道，不過他也非常清楚，這些都不重要了，畢竟如果更精確來說，開門的人根本就不是任凡，而是飛燕。

但飛燕是在任凡的要求下才打開的，這點任凡當然最清楚不過。

如果想要脫罪的話，任凡大可以告訴死神，門不是他開的，不過任凡不可能這麼做。

對他來說，飛燕是自己的戰友，兩人曾經一起聯手對抗過滅龍會。

更重要的是——就算任凡知道它是潘朵拉之門，他也仍然會打開這扇門，因為任凡母親的靈魂就困在這扇門之後。

「既然你本人也承認了，」死神緩緩地說：「那就沒什麼話好說了。」

聽到死神這麼說，小憐、小碧瞬間沉下了臉，一個閃身擋在任凡前面。

雖然看不到，但任凡仍然可以感覺到小憐、小碧的動作。

任凡非常清楚，就算是還沒感化之前的兩人，要跟死神交手，恐怕也是凶多吉少。

更何況現在兩人沒有了以前的威力，身上還帶著兩個月前跟任凡拚鬥的傷勢。

「妳們兩個退下。」任凡沉著臉說。

兩人聽到任凡的話，互看一眼，卻不願意就這樣退下。

「妳們連我的話也不聽了嗎？」任凡板著臉說：「退下，拜託妳們。」

任凡不希望兩人為了自己跟死神動手，因此希望兩人退下，兩人當然了解任凡的意思。

等到小碧、小憐退到自己身後，任凡才抬起頭對著死神說：「門，終究就是要被人打開的，不然直接弄成牆不就好了。」

的確，鬼魂可以穿牆，根本不需要門，只要有個可以封印他們的空間就行了。

只是想不到任凡面對死神竟然還是這樣暢所欲言，讓一直定在旁邊不敢妄動的馬可波羅也瞪大了雙眼。

「我的母親，」任凡繼續說：「並不是壞人，更不是惡靈，她也在門裡面，這是我打開這扇門唯一的原因。」

然而死神根本不管這麼多，緩緩地搖著頭說：「我不管你是為了什麼打開這扇門，我只知道門是你打開的，你就要付出代價。」

雖然任凡非常清楚，死神的目的不是要他死，不然其實死神早就可以弄死他了，而他也不是個不識時務的人。

「你想要怎樣？」任凡皺著眉頭說。

「恢復原狀。」死神冷冷地說：「這扇門裡面原本關著很多地獄通緝多年的罪犯，現在你讓他們自由了，不知道會惹出多少事情，所以你必須負責把他們抓回來。」

果然，任凡一開始就知道，死神打的如意算盤大概就是這麼一回事。

然而知道是一回事，天曉得這些鬼魂有多兇猛，被通緝的又有多少隻。

不說別的，光憑任凡現在的狀況，說不定不用黑靈，連稍微兇狠一點的鬼魂都對付不了。

「你身上的就是死神印記，」死神用鐮刀比了比任凡的腹部說：「相信馬可波羅應該已經都告訴你了。」

想不到死神竟然會點到自己的名字，馬可波羅的魂差點就被嚇飛，只能僵硬地點點頭。

「從現在開始，」死神晃了晃鐮刀說：「你的生命隨時間慢慢流逝，如果一定的時間內，沒有抓到任何一個通緝犯的話，你就會死。」

原來這才是死神的目的，然而對任凡來說，他也大概猜到了死神的目的，所以並沒有露出驚訝的表情。

不過一旁的小憐、小碧就沒有那麼鎮靜了。

兩人都是苦著一張臉，對死神的這個要求，非常難以接受。

畢竟兩人非常清楚任凡此刻的狀況，光是雙眼失明就讓任凡的生活有了最基本的障礙，在這種情況下要跟那些地獄通緝已久的凶靈對峙，已經非常困難了，現在還必須背負著死神印記，成為黃泉界中人人喊打的對象。

在這樣的情況下，還想要跟凶靈對抗，根本就是不可能的任務。

「至於，」死神對著任凡繼續說：「被死神標記的對象如果過世了，會有什麼下場，我不知道馬可波羅有沒有告訴你。」

這點馬可波羅的確有提過，也因此除了任凡外，其他三人都是一臉凝重。

「被死神標記的對象，」死神若無其事地說：「一旦死亡，就會脫離輪迴，永生永世都是死神的奴隸。」

雖然已經知道，但再次從死神的口中聽到這樣的事實，還是讓眾人感覺到震撼。

然而，即便是現在，任凡仍舊一臉平靜，彷彿這一切都是發生在別人身上，一副事不關己的模樣。

任凡緩緩仰起頭，朝死神的方向問：「你叫什麼名字？」

「嗯？」想不到任凡會突然問自己的名字，死神頓了一下說：「你只需要知道我是死神就可以了。」

「哼，」任凡冷笑道：「死神那麼多，總需要有個辨識的方法吧？還是說……你怕了？怕我知道你的身分？」

「一二九，」死神被任凡這一激，立刻回應道：「我的編號是一二九。另外給你一個忠告，跟我說話，最好注意一下你的態度，我的脾氣不是很好。」

任凡張開口，正想說什麼，卻突然感覺到腹部一陣劇痛，就像當時死神用鐮刀刺穿自己腹腔時的那種感覺。

任凡痛苦地跪倒在地上，小憐、小碧一看，慌張地過去想要扶住任凡。

死神一二九冷哼了一聲說：「相信我，這只是剛開始，到後來你反而會希望乾脆的一死了之。」

過度的疼痛讓任凡無法回應，只能抱著自己的腹部。

「一旦你死了，」死神一二九說：「你的靈魂就是我的，永生永世都是我的奴隸。」

眼看任凡就快要痛到暈過去了，無奈這樣的情況，小憐、小碧也沒辦法幫助任凡。

「如果你不想繼續惡化下去，」死神一二九冷冷地說：「就趕快找到其中一個凶靈，將它制伏之後交給我，我會讓你暫時保住一命，並且讓死神印記重置。」

那股巨大的疼痛感，就好像會擴散的病毒般，爬滿任凡的全身，此時的他已經痛到在地上打滾了。

不只有腹部，就連全身各處都彷彿快要裂開來般的疼痛。

死神一二九的身邊再度冒起了黑煙，黑煙緩緩地包圍死神。

「你會後悔的……一二九，」躺在地上的任凡，痛苦萬分地說：「我可是……謝……任……凡……啊。」

任凡說完，頭一仰就暈了過去。

死神冷哼了一聲後，消失在黑煙中。

不一會，黑煙散去，整個房間裡面，只剩下小憐、小碧與馬可波羅三人互相對望，不知道該怎麼辦才好。

6

彷彿作了一場很漫長的夢，但是卻完全記不清楚夢裡面的內容。

任凡緩緩地張開雙眼，然而，世界卻仍然是一片黑暗。

總需要一點時間，才會想起來自己雙眼失明的事情。

「醒了，」耳邊傳來馬可波羅的聲音：「任凡醒了。」

「凡你還好吧？」從聲音可以聽得出來問的人是小碧。

任凡沒有回答，只是揮了揮手示意自己沒事。

兩個月前在這裡打開門的時候，任凡的雙眼就已經完全看不見東西了。

即便如此，當時的他仍然感覺有許許多多的鬼魂與自己擦身而過。

只是當時的任凡作夢也想不到，那些鬼魂全是在地獄裡惡名昭彰的恐怖凶靈，原本以為那些都跟自己的生母一樣，只是被困住的可憐靈魂而已。

畢竟如果真的有大量的凶靈，即便是任凡可能也無法全身而退吧。

或許是因為身邊有一個紅龍之眼的傳人江飛燕吧？

因為體質的關係，飛燕的身體屬於絕對陽氣，所以鬼魂們看不見他，當然也不敢靠近他。

當時那些凶靈之所以沒有伸出他們兇狠的利爪，攻擊任凡，很可能就是受到飛燕的影響。

當然這些都是任凡自己的推測，也或許他們只是因為被關了上百年，好不容易脫困了，第一件事情當然是離這扇門越遠越好，如此而已。

畢竟那些鬼魂為何會若無其事的離開，對任凡來說，一點也不重要。

想想命運也真是作弄人，本來還打算在離開河谷之後，要跟小碧、小憐一起回台灣的……

馬可波羅與小憐、小碧看到任凡醒過來沒事之後，知道任凡正在思考接下來的路，所以都靜靜地在一旁等待任凡理出一點頭緒來。

「小憐、小碧，夠了，」沉默了好一陣子的任凡，緩緩地說道：「妳們去枉死城吧。」

這句話任凡說得輕鬆，但是小憐、小碧聽到卻是一臉訝異。

「啊？」兩人異口同聲，就連臉上的表情都如出一轍地張大嘴說：「什麼？」

「我……不打算繼續當黃泉委託人了。」

此話一出，不只小憐、小碧，就連一旁的馬可波羅都瞪大雙眼，一臉難以置信的模樣。

「妳們應該最清楚，」任凡淡淡地說：「打從一開始，我成為黃泉委託人的目的就只是救我母親而已。」

關於這點，小憐、小碧當然非常清楚，只是兩人沒想到，任凡真的可以這麼放得下，說不當就不當。

「現在，這個目的已經達成了，」任凡淡淡地笑著說：「我也不需要繼續當黃泉委託人了。」

小憐聽到了，眼眶裡面頓時積滿了淚水。

任凡的言下之意，似乎就是在說，因為自己不再當黃泉委託人了，所以也不需要她們了。

這種感覺讓人覺得好像任凡一開始就只是在利用小憐、小碧而已。

「可是，」即便如此，小憐還是一臉擔心，哽咽地問：「你的死神印記……」

「隨它去吧。」任凡冷冷答道。

想不到任凡會如此冷漠，小憐的淚水宛如雨下，不停地流了出來。

「好了，傷人的話我不想多說，但是我是真心希望妳們可以離開。」

即使任凡這麼說，小憐還是忍不住擔心，想要勸任凡至少先度過這次的危機再說，畢竟夫妻一場，她當然知道任凡可能只是意氣用事。

想不到正要開口，一旁的小碧卻阻止了她。

小碧一臉哀傷對小憐搖搖頭後，用手摸著小憐的頭，安慰著小憐。

在安慰的過程中，任凡仍然是一臉冷漠，無動於衷的模樣。

等到小憐好一點之後，小碧轉向任凡說：「那我們走了，你自己保重。」

任凡沒有回應，只是默默地點了點頭。

小碧說完之後，與小憐兩人一起消失不見。

等到兩人消失，馬可波羅再也忍不住了。

他作夢也沒想到任凡竟然會是這樣的人。

「難道說，她們兩個對你的意義就只有這樣嗎？」馬可波羅叫道。

任凡聳聳肩，讓馬可波羅看得更是怒火中燒。

「我看錯你了！」馬可波羅咬牙說：「你不配當黃泉委託人！更不配當我馬可波羅的好友！」

任凡聽了，沒有任何反應，只是面無表情地坐在那裡。

馬可波羅說完之後，惡狠狠地瞪了任凡一眼，眼神中盡是鄙視的目光，過了幾秒之後，消失得無影無蹤。

在馬可波羅與小憐、小碧相繼離開後，任凡緩緩地垂下了頭。

或許，這是最好的結局吧？

自己已經半隻腳踏入棺材了，根本沒必要讓小憐、小碧陪著自己死。

想不到到頭來自己連小憐、小碧都留不住，任凡心中的沉重，或許永遠沒有人可以體會。

不過任凡非常清楚，接下來的路，自己必須孤獨地完成它。

任凡仰起頭來，雖然看不見，但卻可以感覺到透過窗戶射進來的陽光，在臉上殘留下來的溫度。

一個計畫在任凡的腦海中孕育而生，或者，可以說是一場戰爭。

雖然這場戰爭，任凡還不確定自己的輸贏，不過他可以確定一件事情。

這將會是自己的——最後一戰。

第2章·相遇

1

——十二年前，台北。

任凡坐在公園的涼亭裡，將一張台灣地圖打開，攤在桌上專心看著。

同一個涼亭下，一個十七、八歲與當時的任凡年紀差不多的男鬼，繞著任凡所在的桌子，不停地來回踱步。

任凡完全不受他的影響，專心地看著地圖。

比起任凡的專注，年輕男鬼很明顯沉不住氣，又走了幾圈，見任凡一點都不受影響，索性低下頭對任凡說：「任凡，我們還是回去吧？」

任凡沒有抬頭，只揮了揮手，示意他不要吵。

「撚婆頂多打你幾下，」年輕男鬼苦著一張臉說：「但如果被撚婆知道我沒有勸你回去，她可是有辦法讓我魂飛魄散的啊。」

「你會怕就回去啊。」任凡仍舊沒有抬頭，看著地圖說：「反正跟我在一起，沒有一個人有好下場。」

想不到自己又踩到了任凡的地雷，年輕男鬼一臉快要哭的模樣。

這個年輕男鬼叫做阿康，是任凡最要好的鬼朋友。

兩人認識時，任凡還只是個讀國小的小男孩，想不到多年過去，任凡越長越大，可阿康卻仍然維持在死時的年紀，此時的兩人已經像是同年紀的好友般，外表看起來年齡相當。

阿康是任凡多年的好友，自然知道他這次離家出走，正是因為撚婆告訴任凡，他的命格會剋死身邊幾乎所有的人，所以如果跟茹茵太靠近，會害死茹茵。

任凡聽了之後當然很難接受，但從小就跟撚婆一起長大的任凡，知道撚婆不會拿這種事情來騙自己。

在經過一小段時間的思考後，任凡離家出走了。

畢竟再怎麼說，茹茵本來就是為了拜撚婆為師，才找上門的。

現在總不能因為自己會剋死她，就叫人家不要學吧？

更何況當初還是任凡幫茹茵說話，拜託撚婆收她為徒的。

所以任凡覺得自己離家出走，會是最理想的處理方法。

不過這不代表任凡喜歡這樣的結局，更不代表他接受自己這種會剋死其他人的命格。

「這是什麼狗屁命啊？」任凡聽到撚婆講出自己的命格之後，拍著桌子叫道：「所以乾媽妳也死過了嗎？」

「去！你乾媽我是一般人嗎？」撚婆白了任凡一眼啐道：「你那個命格大概一百萬個人裡面，才有一個人可以不受你命格的影響，你乾媽我就是那百萬中無一，怎樣？不爽嗎？」

聽到撚婆這麼說，任凡立刻轉過頭來扭捏地問：「那……她呢？」

知子莫若母，一手帶大任凡的撚婆，怎麼會不知道任凡口中的她是指誰呢？

撚婆緩緩地搖了搖頭。

「狗屁！」任凡不能接受地猛搖著頭叫道：「這什麼狗屁命格！我最討厭算命了！什麼鳥啊！」

任凡叫著跑出去，剩下撚婆一個人在房裡，重重地嘆了口氣。

她當然知道，這對任凡來說，是件多麼痛苦的事情。

當年，當撚婆第一眼看到任凡的時候，就知道他的命格，當然也知道這孩子將來的路，會有多麼艱辛。

或許這就是緣分，撚婆知道自己的命格是百萬中唯一不受影響的人，遂向任凡的父親提出認養，收了任凡這個乾兒子。

為了讓這個命格不會害人害己，撚婆帶著任凡隱居深山，就是為了盡量減少任凡跟其他人的接觸。

一方面保護其他人，另一方面當然更是為了保護任凡。

不過值得慶幸的是，也因為跟靈界過於接近，任凡從小到大跟鬼處得就比跟人好，在鬼魂與撚婆的陪伴下，任凡也算擁有了不錯的童年。

所以當茹茵找上門時，撚婆直接反應就是拒絕，連聽都不想聽的原因，除了長年隱居外，自然也是為任凡著想。

保護任凡，不讓他跟別人接觸，不動感情，才能永遠不因這個命格受到傷害。

只是人算不如天算，茹茵的執著與任凡的同理心，讓撚婆最後不得不接受茹茵，卻也開啟了這個命格對任凡的傷害。

任凡終究不能有個正常的人生。

所以在經過幾個小時的考慮後，任凡做出了他人生最重大的一個決定——離家出走。

於是任凡趁著半夜，留了張紙條在桌上，揹起行囊，離開家。

紙條上面只有簡單寫著：「乾媽，我走了，請好好保重。」

當然在最後還不忘補上一句：「什麼狗屁命格啊！」

就這樣，任凡離開了與撚婆一起生活的家，開始他的旅程。

只是，從小就沒有離開過家的任凡，一時間還真不知道該去哪裡。

所以才會去買張台灣地圖，到公園去打開來參考看看。

阿康是任凡最要好的鬼朋友之一，任凡打算離家的事，就只告訴了阿康一個。這讓阿康覺得自己兩面不是人，不敢告訴撚婆，又不放心丟著任凡不管。所以只好跟著任凡，一方面擔心任凡的安全，一方面也看能不能勸他回去。

「我真的覺得你可以，」阿康試著安撫任凡說：「跟茹茵談一談。」

「談什麼？」任凡沉著臉，抬起頭瞪了阿康一眼。

「就把你的情況跟她說啊。」

「怎麼說？」任凡白了阿康一眼說道：「跟她說對不起，因為我會剋死妳，所以請妳不要愛上我？這種話只有你說得出口吧！」

阿康聳了聳肩說：「你現在不是說出口了？」

任凡被阿康這麼說，氣得點了點頭說：「好！那下次我們有機會到後山見到小比的話，我會幫你把這句話轉告給她！」

小比是後山最有名的女鬼，花樣年華、長相姣好的她，在一場意外中喪生，死後更顯蒼白的肌膚，宛如仙女般，是那附近最出名的大美女鬼，擁有許多愛慕者，其中當然也包含了阿康。

阿康愛慕小比這件事，打任凡最初認識阿康時就知道了。

阿康也三不五時會拉著任凡到後山，就只為了見小比一面，哪怕這一面只是遠遠地眺望。

想不到任凡竟然會搬出小比來，阿康揮了揮手說：「好好好，當我沒說，這句話的確是挺蠢的。」

任凡一臉你知道就好的模樣，又白了阿康一眼後，低下頭研究桌上的地圖。

「可是你就這樣走掉了，」阿康猶豫了一會之後，又苦著臉說：「真的啦，撚婆怪罪起來，我這吹彈可破的魂魄承擔不起啦。」

「你真的很囉唆耶，」任凡一臉不悅地說：「廢話少說！你要跟？還是要回去？快點決定！」

眼看任凡執意不肯回家，阿康當然也不可能就這樣回去。

「跟！」阿康苦著臉，卻是口氣堅定地說：「當然跟啊！」

只是阿康作夢也沒有想到，這一跟竟然會是兩年的旅程，而且兩人的足跡竟然踏遍了全台灣。

2

任凡緩緩地張開了雙眼，世界是一片漆黑。

想不到，自己竟然會想起那段塵封的往事。

在那些年過去了之後，任凡並不常觸碰這段往事。

阿康這個熟悉卻帶刺的名字，已經沉澱在任凡內心的最深處多少年了？

只要一想到阿康，當時的情景就會浮現在眼前。

「阿康！」當年的任凡對著阿康叫道：「你撐著！我現在就去找撚婆！」

阿康慘然一笑，那臉孔與神情彷彿燒紅的鐵般，烙印在任凡的心中。

「來不及了。」阿康慘笑著說：「說真的……」

任凡永遠不會忘記阿康當時所說的最後一句話。

「黃泉委託人還不錯吧？」

「啊？」任凡張大了嘴，一臉難以置信。

當時的回憶在任凡的心中起伏，在可以說是任凡人生的谷底、最慘的時候想起這件事，無疑是雪上加霜。

但回憶這種東西，是總會在人最脆弱時，不自覺浮上心頭的痛。

在小憐、小碧與馬可波羅離開之後，任凡的生活真的如步入了完全黑暗的世界中。

雙眼看不見的情況，語言又不能溝通，以往靠著小憐、小碧不管到哪裡都可以無往不利的任凡，在異鄉的街道中，迷失了方向，找不到任何出路。

為了盡可能不要引起他人注意，任凡總在夜深人靜，太陽下山之後行動，白天則盡可能躲在沒有人的地方度過，就好像流浪漢一樣。

然而，流浪的日子對任凡來說並不陌生，畢竟這並不是任凡第一次流浪街頭，當年為了躲避茹茵，他也曾經做過同樣的事情。

只是不同的是，當年流浪，自己身邊還有阿康這個從小跟著自己長大的鬼朋友，雙眼也還看得到這美好的世界。

這也正是任凡最近會常常想起阿康的原因吧？

如果沒有跟阿康的那一段旅程，任凡自己現在會是什麼樣子？

雖然任凡從沒想過這點，但他非常確定一件事情，那就是如果沒有阿康，至少今天的任凡，就絕對不會是那個轟動黃泉，赫赫有名的黃泉委託人。

「啊——」一個男子的尖叫聲，打斷了任凡的回憶。

任凡將頭轉向了聲音的方向，只聽到一個男子上氣不接下氣地叫道：「有、有鬼啊！」

這在巴黎街頭實在不是什麼新鮮事。

在巴黎流浪街頭的這段時間，任凡慢慢地體會到，自己似乎真的幹了一件不得了的大事。

歐洲的黃泉界比起東方，本來就比較混亂與躁動。

在以古老又根深蒂固的世界觀為基礎下所構築起來的東方黃泉界，幾乎所有東方的鬼魂都是一踏入黃泉界就能很快適應，因為人們早在進入黃泉界前，就大略聽過許多習俗與傳統。

但在歐洲因為各國文化與風情的不同，每個鬼魂的加入都代表著一個不安定的因子，讓原本就不是很穩定的西方黃泉界，又增添了不安分的靈魂。

以現在任凡所處的巴黎來說，由於是市中心，所以呈現出來的黃泉面貌，比較有大都會的感覺，但離開巴黎向南走不用太遠的距離，就可以看到還在準備進行「英法千年黃泉戰爭」的鬼魂，正準備投入下一場戰鬥。

不過整體來說，西方黃泉界雖然有些混亂，但經過了這麼長的時間發展，也已經逐漸穩定下來。

就像那些參與英法千年黃泉戰爭的鬼魂們，已經準備投入下一場戰鬥十多年了，也沒見他們真的實際出兵前往任何地方。

可是這一切在最近，似乎都有了變化，不管是巴黎還是偏遠的小鎮，整個黃泉界都因為各種原因而騷動了起來。

就連那些從來都不出兵的士兵鬼魂，也紛紛離開自己駐紮數百年的營地，開始朝不知名的地方行軍，甚至有些還大剌剌地突入巴黎市區，引起了不少騷動。

這些是不是真的都跟被開啟的潘朵拉之門有關，任凡不清楚，但他現在非常明顯的感覺到，此刻西方的黃泉界，正處於一個極度不安定的狀態，彷彿隨時都會有大事情發生。

感覺時間也差不多要入夜了，已經到了自己可以行動的時刻，任凡緩緩地站起身，朝巷口走了出去。

3

法國巴黎的夜晚，天空飄下了白雪。

這場初雪來得有點快，距離冬天還有一小段時間，但白雪卻提前來報到了。

街上往來的人潮零零落落，每個人都拉緊自己的領口，低著頭快步朝各自的目的地前行。

男子走在這條自己熟悉的道路上，卻遇上了自己完全不熟悉的事。

先是在只有自己一人的街道上，見到了滿臉是血的小女孩在賣火柴，猛一轉身，竟看到了猛鬼大軍，整齊劃一地朝著西方而去。

男子嚇到尿濕了褲子，極為狼狽地逃離街道，並且像個小姑娘似的尖叫著。

看著落荒而逃的男子，滿臉是血的小女孩眼眶裡面的淚水，再也忍受不住，無聲地流了下來。

她不知道在這種陰陽交替，也就是白天與黑夜、黑夜與白天之間的交界時刻，是最容易見到鬼魂的時候。

她更不可能知道，由於這周圍突然出現了那麼多鬼魂，陰盛陽衰的結果，才導致那個男子看到了他自己不想、也不應該看到的世界。

她只知道自己努力了那麼多天，不但連一根火柴也沒賣出去，就連人都被自己嚇跑。

大軍過境後，幾個鬼魂紛紛從四周的小巷子中飄出來。

大夥議論紛紛的正是這隊大軍不知道要前往何處，會不會是為了要支援最近在諾曼地附近發生的黃泉大戰？

對這些只想要安身立命，靜靜地遊蕩人間的鬼魂來說，現在的歐洲是最不適合養老的地方。

自從那個黃泉委託人打開了著名的潘朵拉之門後，整個歐洲黃泉界就陷入了一團混亂。

那些被關在潘朵拉之門裡面的惡鬼，在被囚禁了一個世紀以上之後，每個都宛如脫韁野馬，橫行黃泉界。

一瞬間多了如此多兇猛的惡靈，也難怪西方黃泉界會陷入前所未有的混亂。

到處都可以聽到慘無人道的傳聞，不是某個凶靈在哪個地方大開殺戒，就是積怨已久的鬼魂，展開惡鬥。

尤其對長年居住在巴黎的這些鬼魂來說，體會更加強烈。

人世間的英法百年戰爭，早在五百多年前就已經結束了，但兩國之間仍然有些亡靈在持續戰鬥中，因此也被其他地方的鬼魂稱為「英法千年黃泉戰爭」。

出生在英法戰爭之後的「年輕」鬼魂，根本就不想要像那些老鬼一樣，整天在備戰與戰爭之間無限輪迴。

不過比較幸運的是，這場英法千年黃泉戰爭，一向都是在法國邊界的偏遠地區進行著。

但在潘朵拉之門被打開之後，兩國許多當初被抓進門中的恐怖凶靈回到了黃泉界，立刻讓戰爭沸騰起來，戰線也跟著擴大。

先前才傳來在諾曼地有一場前所未有的驚世大混戰，今天就在巴黎街頭看到了這樣的猛鬼軍團。

其他鬼魂紛紛感嘆，接下來的日子恐怕只會越來越糟糕。

這時原本還在一旁傷心，滿臉是血的小女孩，看到其他鬼魂出來，她趕緊擦了擦眼淚，迎上前去。

「有沒有人要買我的火柴？」小女孩向鬼魂們推銷著自己的火柴。

「現在都什麼年代了，」其中一個少年鬼魂歪著嘴笑著說：「沒有人在用火柴了。」

「可是……」小女孩抬起頭來，不知道該說什麼。

是的，她才六歲就過世了。

她只聽過這個媽媽告訴她的故事──《賣火柴的女孩》，所以當媽媽不見了之後，小女孩唯一想到的辦法就只有賣火柴。

「妳賣火柴到底是為了什麼啊？」少年鬼魂一臉揶揄地問著小女孩。

鬼魂根本不需要賺錢，更不需要火柴，小女孩的行為只是讓其他鬼魂覺得可笑。

「我要賺錢，然後……」小女孩抿著嘴說：「去找黃泉委託人。」

是的，此刻的西方黃泉界，就連像眼前這個只是小女孩的鬼魂都知道，黃泉委託人是不接沒有報酬的委託。

所以小女孩的願望很簡單，只是希望賣了火柴之後，可以湊到足夠的錢，去找黃泉委託人，讓他幫助自己達成她想委託的事。

眾鬼魂聽到小女孩說的話，先是一愣，然後大夥一起笑了出來。

只是不管是小女孩，還是這些笑成一團的鬼魂都不知道，小女孩剛剛說的話，彷彿是一支穿心箭，直直射穿了從巷道中蹣跚走出來的那個流浪漢的心。

「哈哈哈哈，」少年鬼魂大笑著對小女孩說：「不管妳賣多少根火柴，都無法實現自己的夢想了。」

「為什麼？」小女孩漲紅著臉問。

「因為……」少年鬼魂看了看其他鬼魂之後說：「黃泉委託人已經死了，哈哈哈哈——」

少年鬼魂說完之後，跟其他鬼魂們笑成一團。

「騙人！」小女孩咆哮道：「你們騙人！」

小女孩被眾人這樣一笑，一臉委屈至極地哭了出來，但這群鬼魂卻仍然不停地取笑著小女孩。

「我說，」身後的一個鬼魂這時靠過來，對著少年鬼魂說：「反正我們在這邊已經越來越難生存了，馬修，不如我們把這小女鬼抓起來，然後去投靠盧卡斯。」

盧卡斯是上個月才來到巴黎近郊的一個鬼魂，力量強大，生性好色。

他才剛來沒多久，幾乎整個巴黎只要略有姿色的女鬼，都已經被他抓走，遭到控制。

盧卡斯把巴黎近郊的一座墳場當成自己的據點，現在幾乎全巴黎的鬼魂，都知道盧卡斯的存在，也都盡可能避開那座墳場。

聽到其他鬼魂這麼說，這個叫做馬修的少年鬼魂收起了笑容，若有所思地點了點頭。

的確，雖然小女孩滿臉是血，但仍然掩飾不住她姣好的面容，一對水汪汪的大眼睛與嬌嫩的臉蛋，宛如洋娃娃般可愛，肯定會受到盧卡斯的青睞。

只要能把這小女孩抓去，自己與這票流浪在巴黎街頭的兄弟們，肯定就能得到盧卡斯的認可。

說不定盧卡斯一高興，還願意收留他們，大夥就能得到一點庇護，不需要像現在這樣，不斷躲避著這些不知道打哪裡冒出來的猛鬼軍團。

如此一來也算是在這個混亂的黃泉界中，找到了可以安身立命的場所。

想著想著，馬修的嘴角浮現一抹邪惡的微笑，他向其他鬼魂示意，要大家動手把小女孩抓起來。

誰知道眾鬼魂才向前一步，突然從旁邊闖入了一個活人，擋在眾鬼與小女孩之間，把眾鬼嚇了一跳。

按理來說，在這個如此陰盛陽衰的地方，如果有個活人在的話，他們應該很容易發現才對。

即便大夥現在都把注意力放在小女鬼身上，但這裡的鬼魂這麼多，總該有一兩個會發現、騷動吧。

想不到這人身上的陰氣竟如此重，重到大夥都快要撞到他了，才確定他是個活人。

怎麼看這個活人都像是一個流浪漢，一臉的鬍碴，加上邋遢的服裝。

原本還以為眼前這個流浪漢是因為看不見鬼，才會闖入雙方之間，眾鬼甚至退了一步要等他過去，誰知道這流浪漢走到了雙方之間，竟然就停了下來。

就在眾鬼魂還在納悶這流浪漢怎麼停下來時，流浪漢突然把頭轉到了大夥這邊，冷冷地斥道：「滾！」

這些鬼魂的膽量本來就不大，不然也不會這樣龜縮在巷弄之中。

被流浪漢這麼一吼，所有鬼魂立刻向後退好幾步，就連流浪漢身後的小女鬼，這時也抬起頭，看著眼前這個陌生人。

這個流浪漢不是別人，正是剛剛小女鬼口中的黃泉委託人謝任凡，只是在場的所有鬼魂，沒有半個認得他。

眾鬼打量著任凡，他們從來沒有見過敢這麼大剌剌跟鬼魂對話的活人。

鬼魂之中，一個外貌看起來比較年長的鬼魂側著頭，盯著任凡的臉看了好一陣子，過一會恍然大悟地張大了嘴叫道：「這傢伙是個瞎子！」

所有人聽到這鬼魂的話，紛紛看向任凡的雙眼。

果然看到任凡的目光迷濛，一對藍色的眼珠並沒有對焦的感覺。

任凡的眼珠在失明後逐漸變成藍色，但任凡自己並不知道。

眾鬼魂發現任凡失明後，彷彿鬆了口氣般，又開始騷動起來。

「你相信嗎？」其中一個鬼魂叫道：「這傢伙看不見，卻可以聽得到我們，這有趣了！」

「這傢伙該不會不知道我們是……」

其他鬼魂聽到了都大聲地笑出來，大夥笑成一團，完全不把任凡放在眼裡。

「該滾的是你，你這個瞎子！」其中一個鬼魂笑罵道：「我們可不是你想像中的人，你最好趁你沒嚇到尿濕褲子前，快點離開吧！」

任凡無視這群鬼魂戲謔般的嘲笑，只是冷冷地仰著臉，又說了一次：「滾。」

「這瞎子很兇耶！」一個鬼魂見任凡的態度如此冷傲，不悅地叫道：「不給他一點教訓，這瞎子還以為我們怕他了。」

其他鬼魂聽了，紛紛看向馬修。

這個叫馬修的少年鬼魂，雖然外貌看起來很年輕，實際上卻是死最久的鬼魂，所以在這群鬼魂中，算是個領頭的。

在其他鬼魂的慫恿之下，馬修站了出來，飄到任凡的面前。

雖然實際上，馬修根本不知道該怎麼傷害活人，只會露個面嚇嚇人，畢竟到頭來他不過是個吹彈可破的白靈，留在人世間的原因只是因為害怕地獄。

面對雙眼失明的人，現身做個恐怖鬼臉來嚇唬人這招是完全無效的，不過馬修基本上還是知道怎麼觸碰人世間的物品，而他也只會這麼一招。

馬修伸出手，使勁扯著任凡的衣領。

他想對方被這樣一扯，肯定會出手抵抗，但人鬼殊途，對方碰不到鬼魂。等到對方摸半天發現摸不到東西，或許就會清楚，自己招惹的對象，根本就不是人類。到時候還不嚇他個屁滾尿流？

光想到等等對方的反應，馬修就覺得好笑。

任凡的衣領在馬修的扯動之下，一會向左仰起，一會朝右擺動。

馬修的力量並不大，所以頂多讓衣服被拉起來一點而已，這讓任凡連掙扎都懶。

想不到任凡竟然毫無抵抗，馬修隨即加大力道。

衣領在扯動下，與脖子間產生出一個縫隙，這時縫隙裡竟然冒出了黑霧。

馬修見狀皺著眉頭飄起來，透過衣領間的縫隙朝下一看，清楚看到此刻任凡的腹腔一道黑色的傷痕，兀自冒著些微的黑氣。

不需要多做介紹，馬修立刻知道這是什麼，因為那傷痕所冒出來的黑氣，瀰漫著死亡的氣息。

馬修見了整個魂都快被嚇飛了，用迅雷不及掩耳的速度向後一躍，這一躍不但退離了任凡好幾十步，還越過了那些站在後面等著看好戲的鬼魂。

站在後面等著看好戲的鬼魂們，一直引頸期盼著馬修可以好好教訓一下這個瞎子流浪漢，誰知道馬修竟然突然跳開，反而是他像見到鬼一樣。

鬼魂們紛紛轉過去看著馬修，馬修整個好像暈開來，有兩三個身影重疊在一起。

這是鬼魂受到極度驚嚇後，才會有的特殊情況。

原本還打算嘲弄一下馬修的鬼魂們，看到馬修這樣，也不忍多說什麼，反而凝重地看著馬修。

「這是……」馬修喃喃地說。

「怎麼啦？發生什麼事情了？」其中一個鬼魂問。

「死……死神印記。」馬修用發抖的手指著任凡說：「嗚啊！」

馬修說完之後大叫一聲，整個魂魄一縮，以迅雷不及掩耳的速度逃離街道。

即便馬修逃得很快，其他鬼魂也確實聽到他說的話了。

所有鬼魂就好像恐怖片裡，發現身後有鬼時，所有演員會表現出的反應。

大夥不約而同，緩緩地轉過頭，看著任凡。

任凡冷冷地抬起頭來，依舊是那麼一個字：「滾。」

這一次，這個字彷彿是聖旨般，字才剛吐出來，所有鬼魂立刻接旨，全部「呼」的一聲，消失得無影無蹤。

想不到自己身上這詛咒的死神印記，竟意外成為驅鬼利器，真是讓任凡哭笑不得。

「謝謝你，叔叔。」身後的小女孩對著任凡說。

聽到小女孩稱呼自己叔叔，而不是大哥哥之類比較年輕的說法，任凡感到有些無言。不過已經到了而立之年，再加上可以想見自己現在的模樣有多落魄，被小孩子叫成叔叔，似乎也不為過，且任凡也懶得計較這種不重要的事情。

「回去吧，」任凡揮了揮手說：「回去那個屬於妳的地方。」

聽到任凡這麼說，小女孩低下頭，哭喪著臉搖搖頭說：「沒有，沒有這個地方。」

「妳該不會是最近才往生的吧？」任凡皺著眉頭說。

小女孩沒有回答，抿著嘴抬起頭來看著任凡說：「叔叔，那些人說的是真的嗎？黃泉委託人，真的死了嗎？」

小女孩天真的以為黃泉委託人大家都知道，甚至連活人也知道。

任凡在巴黎流浪也有一段時間了，當然也聽過類似的傳聞。

說實在的，聽到鬼魂們把自己的死訊傳得沸沸揚揚，的確讓任凡覺得有種奇怪的感覺，但任凡也不打算破除這些謠言。

畢竟就此刻來說，被烙上死神印記的自己，跟死也沒什麼兩樣了。

但聽到小女孩這麼問，任凡仰著頭沉吟了一會。

當然，任凡可以否認，也可以說自己不知道。

在沉吟了一會之後，任凡決定不要讓小女孩抱有任何無謂的希望。

「是的，」任凡淡淡地說：「黃泉委託人，已經不存在了。」

聽到任凡的回答，小女孩扁著嘴，一對大眼睛裡面滿是淚水，但仍然堅強地不讓淚水流出來。

「真的嗎？」

比起那些鬼魂，任凡說的話，似乎對小女孩來說，比較有可信度。

「所以，」任凡揮了揮手說：「回去吧。」

任凡說完後轉過身，頭也不回地朝街口走去。

小女孩低下頭，硬撐許久的淚水也隨之滑落。

在無人的街道上，小女孩啜泣了好一陣子後，緩緩地抬起頭來。

在生前就被媽媽叫做小頑固的小女孩，就連死後靈魂也呈現紅色，這說明了小女孩不會就這樣放棄。

小女孩用力地點了個頭，像是下定決心，也像是為自己打氣後，朝任凡離去時的方向追了上去。

4

雖然說小女孩的遭遇並不是什麼新鮮事，不管在東西方的黃泉界，一直都有類似這樣的事情不斷發生。

但任凡也確實感覺到最近的黃泉界，到處充斥著騷動與蠢蠢欲動的氣氛。

難道說，整個黃泉界真的因為自己而陷入混亂嗎？

任凡的確是不知道，有可能是，但也有可能不是。

不過米已成粥，現在就算想再多也於事無補。

更何況那扇門的後面囚禁著任凡母親的魂魄，就算再給任凡一次機會回到過去，他肯定還是會選擇打開。

任凡不知道自己身上的死神印記何時會發作，更不知道自己還剩下多少時間，但坐以待斃絕對不是任凡的風格。

只要老天給自己一秒鐘，任凡就會拚足這一秒鐘，至於結果，任凡沒有多想。

然而少了小憐、小碧在身邊，現在的任凡恐怕連離開巴黎都有難度，更遑論要前往自己心中所想的目標。

深夜是任凡最佳的行動時刻，他摸著牆壁，一步步朝自己的目標前進。

就這樣摸索，並且走了幾步之後，任凡停了下來。

雖然雙眼看不見，但任凡對靈界的感應力絲毫未減，反而比起雙眼看得見的時候，對靈界的反應更加敏銳。

任凡非常清楚地感覺到，那個小女孩的鬼魂，仍然執意地跟著自己。

看到任凡停下來，身後的那個小女孩也跟著停下來。

任凡在內心咒罵著，自己當時真的不應該出手幫助小女孩。

不過按照當時的情況，不管出不出手，任凡都會惹上麻煩。

出手被纏，不出手自己又會被良心這種多餘的東西糾纏。

任凡搖了搖頭，轉過身來對著小女孩說：「妳跟著我幹什麼？」

「求求你，叔叔，」小女孩懇求任凡：「幫我救我媽媽。」

「啊？」任凡冷冷地說：「我沒空。」

「喔。」小女孩低下頭來，失望的神情全寫在臉上。

任凡轉過身，繼續摸著牆走。

可是任凡走沒幾步，小女孩又邁開腳步跟上前去。

知道小女孩還是執意跟著自己，任凡走沒幾步又停了下來。

「我已經說了我沒空，」任凡不悅地說：「妳還跟著我幹什麼？」

「沒關係，」小女孩燦爛地笑著說：「我等你忙完之後，我們再一起去救我媽媽。」

小女孩說得天真，但她不知道的是，以目前的狀況來說，當任凡「忙」完的時候，很可能也往生了，甚至更糟的是，說不定連忙完的機會都沒有。

任凡張開口，正準備回應小女孩，卻突然有一個奇怪的感覺。

任凡清楚地感覺到一個靈體，正以非常快的速度靠近。

只聽見小女孩叫了一聲，「利迪亞！」

那靈體快速又靈巧地跳進小女孩的懷抱。

小女孩抱著靈體，開心地摸著說道：「好乖喔，利迪亞。叔叔你看，這是利迪亞，是我的貓喔。」

原來那靈體竟然是隻貓，這倒是出乎任凡的意料。

一般來說，貓、狗這類家畜，因為比起人類來說，少了幾魂幾魄，所以在輪迴的路上，很少有像這隻貓一樣，能夠聚集足夠的魂魄，徘徊在人世。

雖然任凡看不見，但是他可以感覺到那隻貓正溫馴地躺在小女孩的雙手上。

這隻貓……

任凡搖了搖頭，他並不在乎這隻貓到底是何方神聖，可以聚集足夠的魂魄滯留人間。

「聽著，」任凡沉著臉說：「我不會幫妳去找妳媽媽，妳自己看也知道，我根本就看不見，幫不了妳。」

小女孩聽了之後，猶豫了一會說：「那這樣的話，你可以帶我去找黃泉委託人嗎？」

想不到小女孩會這樣糾纏不清，任凡在內心裡面暗罵，這小傢伙肯定是個紅靈。

「首先，」任凡不悅地說：「我已經跟妳說過，黃泉委託人不在了。再者，就算黃泉委託人還在，他也不會接受妳的委託。」

「為什麼？」小女孩張大了眼，一臉不服氣地問道。

「妳沒聽說過嗎？」任凡搖搖頭說：「黃泉委託人，最討厭的就是像妳這種小孩鬼了。」

「你騙人！」小女孩嘟著嘴說：「我媽媽跟我說過，黃泉委託人是個好人，他是為了救他媽媽，才會來歐洲的，一個想要救媽媽的小孩了，怎麼會討厭跟自己一樣的小孩子呢？」

小女孩天真的認為，想要救媽媽的人應該跟自己差不多年紀，所以才會這麼說。

任凡搖搖頭說：「聽著……妳叫什麼名字？」

「喔，對。叔叔還不知道我叫什麼名字，我叫艾蜜莉。」艾蜜莉眨著那對大眼睛說：「叔叔你呢？」

「聽著，艾蜜莉，」任凡沉著臉說：「我叫什麼不重要，黃泉委託人是不是好人也不重要，最重要的是，黃泉委託人已經不存在了，我也不可能幫妳去救妳媽媽。聽懂了嗎？」

艾蜜莉聽到任凡的話後，低下頭，默默流下眼淚，傷心之情全寫在那張可愛卻流滿鮮血的臉上。

看不到艾蜜莉的反應，也沒聽到艾蜜莉的回應，不免讓任凡有點擔心。

雖然心中有一個聲音，要自己不要多事、多嘴，但是最後終究是敵不過內心騷動的感覺。

「唉，妳母親發生什麼事情了？」

話才說完，任凡就痛苦地閉上雙眼，內心自責自己又多嘴了。

艾蜜莉聽到任凡的話，擦了擦眼淚，抬起頭來說：「一個叫做盧卡斯的壞人，抓走了我媽媽。」

……果然。

情況的確跟任凡猜測的一樣。

畢竟感覺艾蜜莉應該已經死亡有一段時間了，沒人照顧她的話，多半不會滯留人間。

由此可見，她應該不是打從一開始就找不到自己的母親，而是發生了什麼事之後，才跟母親分開。

綜合最近西方黃泉界的動亂，大概也可以猜到艾蜜莉的母親，是被其他鬼魂抓走了。

類似這樣的情況，不管在東西方的黃泉界，都不算新鮮事。

畢竟以黃泉界來說，有法治的地方只有地獄，人世不屬於地獄的管轄範圍，雖然最終所有靈魂都得要去地獄接受最後的審判，但人世的一切，地獄鞭長莫及，真的是「天高皇帝遠」，是個非常原始，以武力為主的世界。

在人世的鬼魂，真的是誰的法力強、道行高，在黃泉界就吃得開。

在撚婆與任凡開始掃蕩前，台灣到處都可以見到據山為王的強大鬼魂。

為了增強自己的勢力，這些稱王的鬼魂自然會抓一些鬼，來當作自己的手下。

這些不管在東方還是西方的黃泉界，都是習以為常的事。

「如果真的是這樣的話，」任凡淡淡地說：「最好還是算了吧。」

似乎也知道任凡的回答會是這樣，艾蜜莉輕輕地點了點頭答道：「喔。」

不管艾蜜莉能不能接受這樣的結果，任凡也只能這樣了，畢竟現在的任凡是泥菩薩過江，自身難保。

隨時都有暴斃的可能，又怎麼可能幫得了艾蜜莉。

「那這樣的話，」艾蜜莉仰起頭來對任凡說：「叔叔，你可以幫我帶著利迪亞，走得越遠越好嗎？」

「為什麼？」

「我怕牠會跟著我，」艾蜜莉將利迪亞放了下來說：「那個壞人很危險的。」

「……」

「我真的想要救媽媽，」艾蜜莉輕描淡寫地說：「既然大家都不願意幫我，我只好自己去了。」

「……妳打得贏那個什麼盧什麼咖小的嗎？」

「打不贏。」艾蜜莉扁著嘴，一臉委屈地說：「可是，我好想念媽媽喔，既然黃泉委託人已經不在了，我也只能靠自己了。」

「……」

艾蜜莉擦了擦眼淚，對任凡鞠了個躬說道：「謝謝你，叔叔，就拜託你把利迪亞帶得越遠越好。」

「笨蛋，」任凡皺著眉頭說：「妳真的想死嗎？」

「不想！」艾蜜莉用力地搖了搖頭說：「死亡好恐怖喔，我已經死過一次了，不想死第二次。」

「那妳最好還是放棄吧，」任凡沉著臉說：「再死一次，妳就真的完蛋了。」

艾蜜莉低著頭，沉默了一會。

「沒關係。」艾蜜莉仰起頭來慘然地笑著說：「我還是要去救我媽媽。」

「……」

「先前我怕利迪亞會孤單，」艾蜜莉說：「也怕利迪亞一直跟著我，最後會一起被那個壞人……」

「……」

「不過只要利迪亞跟著叔叔你，我就放心了，我也可以去救媽媽了。」

任凡不知道該怎麼安慰小女孩，更不知道該如何讓她打消這個念頭。

畢竟，在任凡先前的尋母之旅中，不知道多少人都勸他打消這個念頭，但任凡從來沒有放棄過。

想不到竟會在這樣的時候，遇到與自己有相同遭遇的小女孩。

「利迪亞，妳要聽叔叔的話喔，」艾蜜莉對著貓咪說：「不要給叔叔帶來困擾，知道嗎？」

艾蜜莉說完又摸了貓咪兩下，接著毫不猶豫地轉身朝反方向飄走。

「別鬧了……」

任凡想要阻止艾蜜莉，但就在這時，腹部那道死神造成的傷痕，又再度傳來劇痛，讓任凡說到一半的話，整個吞了回去。

任凡非常清楚，這表示死神印記又發作了。

一旦發作，就會一次比一次嚴重，隨著時間流逝，那股劇痛將會讓任凡痛不欲生，如果情況一直惡化下去，說不定會活活痛死。

任凡想要阻止艾蜜莉，但劇烈的疼痛讓他發不出聲音來。

任凡跪倒在地，雙手捧著腹部，意識也隨著這股劇痛，沉入一片無止境的黑暗中。

第3章・虎落平陽

1

——十二年前，台中。

彷彿感覺到了什麼，任凡緩緩地張開雙眼。

一張開雙眼，整個視野竟然是阿康大大的臉孔。

任凡見狀嚇了一跳，整個人朝旁邊一滾，俐落地翻身起。

「你想幹嘛？」任凡逃離阿康那湊得都快要親到自己的大臉，回頭指著斥道：「趁我睡覺偷親我啊？」

阿康轉過頭來，臉上掛著一抹得意的笑容。

「你這傢伙！」任凡一臉鄙夷地說：「該不會是那個吧？」

「不，」阿康笑著搖搖頭說：「我想到一個好主意，一個天殺的好主意。」

「有好主意用說的就好，貼我那麼近幹嘛？」任凡仍然是一臉嫌棄。

「我是想要叫你起來啊，」阿康不以為意地笑著說：「誰知道才靠過去，你眉頭一皺就醒來了，唉呀，那不重要啦，重點是你一定要聽聽我的好主意。」

任凡不悅地搔搔頭，看了看四周，四周仍然是一片黑暗。

兩人所在的涼亭，位於一片墓地旁。

兩人離開台北後，已經流浪了一個多月。

雖然任凡離開時，身上有帶一點錢，但經過這些日子，錢都花得差不多了。

在任凡躺在涼亭的椅子上睡著前，兩人正為未來的日子苦惱。

任凡認為現在自己的狀況並不適合停留在某個地方太久。

他過去看過太多次，撚婆用法術幫人找人，更不要說撚婆的師妹爐婆，根本就是活生生的人體衛星定位系統，只要用一支香、一座爐，就可以衛星定位任何人。

就算沒有撚婆與爐婆，茹茵的駭客能力也不能小覷，自己如果在任何有連上網路的電腦裡留下紀錄，茹茵就可以找到。

在這三個鋪天蓋地的對手下要離家出走不被找到，只有一個辦法，就是——移動！不停的移動，不在一個地方停留超過三天，這才是唯一可以躲過三人追蹤的辦法。

但這卻給兩人帶來另外一個困擾，那就是兩人並沒有足夠的金錢可以繼續旅行。

任凡與阿康討論之後，並沒有想到任何適合的方案，可以讓兩人一邊旅行、一邊賺錢。

因為討論不出任何結果，任凡索性躺在涼亭的椅子上小睡一會，直到張開雙眼看到阿康的臉塞滿自己的視線為止。

「好，」任凡拍了一下左手，驅趕整晚一直騷擾自己的蚊子說：「你想到什麼？」

「你以前不是說過，」阿康一臉得意地說：「你小時候幫了一個女鬼嗎？那個身體卡在空中的女鬼。」

「嗯。」

「她後來不是託夢給家人讓他們給你一些謝禮嗎？」

「嗯，」任凡點了點頭說：「然後呢？」

「這就對啦！」阿康拍手叫道：「你還記得昨天在下面那個墓地，招待我們的黃伯吧？」

兩人在昨天抵達這個墓園時，曾經禮貌性地撒了些冥紙，而聚集在墓園的鬼魂也很熱情地招待了兩人。

其中有一個叫黃伯的鬼魂，向兩人提到自己的祖墳，最近似乎被一群盜墓賊盯上了，覺得有點困擾。

由於墓園當地幾乎都是一些良性的白靈，實在沒有足夠的能力阻止這些盜墓賊。

雖然守護靈般的黃伯是藍靈，還算有點能力，可是這些天不怕、地不怕的盜墓賊眾，不是黃伯一個對付得了的。

任凡還記得這件事，點點頭回應阿康。

「我們就去幫那個黃伯吧！」阿康張開雙手說：「然後我們事先跟他講清楚條件，要他想點辦法給我們一點報酬，不就可以了？」

「這就是你想的好主意？」任凡挑眉問道。

「當然不只這樣，我都想好了。」阿康興奮地說：「黃伯的事情只是一個開始，相信我，這門生意真的可行。」

「是嗎？」任凡懶洋洋地說。

「我不但想好了，就連接下來該怎麼做都已經推算好了。」阿康側著頭說：「你知道這門生意要成功的關鍵在哪裡嗎？」

「對方真的有笨蛋家屬會乖乖付錢？」

「不！」阿康高舉著手說：「這門生意最重要的關鍵就是名號！」

「啊？」任凡張大了嘴，一臉難以置信的表情。

「我們必須想一個響噹噹的名號，」阿康一臉理所當然地說：「必須是直接一點，又不能太難聽的，讓大家一聽就記得，還能知道我們是做什麼的。」

任凡給了阿康一個死魚眼說：「像某某水電行那樣嗎？」

「對！」阿康比著任凡說：「就是像這樣，不過水電行不夠氣派，不夠響噹噹。可是方向對了。」

想不到阿康會這麼認真，任凡白了阿康一眼後搖搖頭。

「讓我想想看喔。」完全無視於任凡的反應，阿康摸著下巴認真地想著。「陰間大法師？不，你不會法術，這名號也太電影化了。陰間好幫手？感覺沒有魄力，而且有清潔用品的感覺……陰間怎麼聽都很娘，讓我想一下喔。」

阿康在涼亭裡來回打轉，認真地想著。

「對！」阿康拍手叫道：「用黃泉好了。讓我想想看……黃泉辦到好？還是黃泉律師？或者是黃泉萬事通？好像叫黃泉徵信社還不錯？咦，不然黃泉徵信社如何？」

阿康轉過來對著任凡說：「對！任凡，你說黃泉徵信社好不好？」

「啊？」

「黃泉徵信社，一聽就很氣派不是嗎？」

「哪來的社啊？」任凡張開手說。

「你是社長，我是社員。兩個人就可以是徵信社啦！」

「那我們專辦什麼？」任凡苦著臉說：「幫鬼捉姦啊？」

「嘖，就人家委託我們做什麼，我們就做……啊！」阿康拍著手叫道：「我想到一個更好的，不然就叫做黃泉委託人好了！」

還沒等任凡回應，阿康已經一臉滿意到不行的表情說：「哇靠！有時候我靈感一來，連我自己都害怕！這名字如何？夠響亮！夠氣派！不會太搖擺，簡直就是神來一筆啊！天啊！我已經預見我們光靠這個名字，就可以賺進大把大把鈔票的未來了！」

「……再提醒我一次你是怎麼死的？」任凡給了阿康一個死魚眼。

「兄弟，」阿康垮著臉說：「講到這個就傷感情了，我是生不逢時啊。現在再給我本錢做一次生意，我告訴你，哼哼。」

「哼什麼？」

「哼，你就知道了！」

任凡搖了搖頭。

阿康生前生在一個商人世家，因為家裡經商失敗，所以爸媽帶著兩個小孩一起自盡。家人都已經去投胎了，但阿康卻選擇滯留人間，只因為阿康認為自己的這一輩子還沒有真正的活過。

雖然說阿康自己沒有真正做過生意，但從小就在爸媽的耳濡目染下，常常滿口的生意經。

「我現在就證明給你看，」阿康翹著嘴說：「我們就從黃伯的這筆生意開始，等等我就去跟黃伯說，我們會幫他趕跑盜墓賊，當然我也會請他先去想辦法給我們報酬。」

任凡聳了聳肩，不想表示意見。

當然山窮水盡的此刻，如果有辦法可以賺到一點錢，任凡不會排斥。

只是他很懷疑，黃伯真的有辦法拿得出「人」可以用的錢嗎？

「好！」阿康指著不遠處的墓地說：「黃泉委託人我們出發吧！」

「別那麼大聲好不好？」任凡不悅地說：「讓人聽到很害羞耶，什麼黃泉委託人，不好聽啦。」

「別這樣嘛，你會越聽越順耳的，黃泉委託人。」

「一點也不順耳。」

任凡說完之後，轉頭逕自朝墓地走。

「等等我啊，」身後的阿康叫道：「黃泉委託人。」

阿康不管怎樣就是要叫任凡黃泉委託人，讓任凡更想遠離他。

可是阿康畢竟是鬼，飄一下就趕上任凡了。

「你幹嘛不等我？」阿康抱怨道。

「誰叫你要隨便幫我取個那麼難聽的名號？」

「哪裡難聽？」阿康不服氣地說：「很帥氣啊！黃泉委託人！」

任凡白了阿康一眼，不想多說，繼續朝墓地走去。

「你怎麼不說話咧？黃泉委託人？」

任凡知道，阿康這小子只要一來勁，就會這個樣子。

最好的方法就是無視他，讓他自討沒趣，久了自然會住嘴。

只是，此刻的任凡作夢也沒有想到，這個名號最後不僅從此跟著自己，還響遍整個黃泉界。

2

二〇一二年的今天，有許多不同的預言都預告了，今年會是世界末日降臨的一年。

對西方黃泉界的鬼魂來說，或許，真的世界末日已經降臨了。

因為，就在今年，那扇傳說中的禁忌之門，被人打開了。

——潘朵拉之門。

這個相傳在數百年前，出現在人世間的禁忌之門，是個光聽到名字都會讓鬼魂感到恐懼的傳奇。

如果真的要說起這扇門，就得從一個家族開始說起——一個君臨黃泉界的德姆維爾家族。

這個君臨黃泉界的德姆維爾家族，一切的權力與力量，其實都是來自一個上古的傳說——蒼穹之瞳。

相傳這對雙眼，就是全世界陰陽眼的源頭。

擁有這對雙眼的人，不但可以看穿與掌握整個黃泉界，更可以控制所有鬼魂。

關於這對雙眼，擁有許多不同的傳聞，然而知道真正真相的人，卻是少之又少。

蒼穹之瞳第一次被記載在歷史上，是在中國的秦朝時。

當時的秦始皇為了尋找長生不老之藥，派遣徐福出海。

而徐福出海歸來之後，身邊多了幾個童男童女。

依照徐福的說法，他的確到了仙島，見到了仙人，也找到了長生不老之藥。

但仙人認為秦始皇準備的禮物太少，不願給藥，所以徐福才會折返。

當時秦始皇，因為看到了徐福身邊帶回來的童男童女，每個都擁有一些不可思議的能力，於是相信了徐福所說的話，準備了更多的禮品要送給仙人。

當然後來的故事大家都知道了，徐福一去不回頭，再也沒有回來過。

這些童男童女之中，其中有兩個女童，她們所擁有的正是紅龍之眼與蒼穹之瞳。

相傳，只要跟蒼穹之瞳的繼承人，有過任何身體的觸碰，都會感染到一點蒼穹之瞳的特性，也就是我們俗稱的「陰陽眼」。

正因為蒼穹之瞳的這種特性，最終導致她被秦始皇逐出阿房宮，四處流浪。

今日我們所稱的陰陽眼，其實都是蒼穹之瞳的殘留，擁有陰陽眼的人，肯定是祖先或者是自己曾經接觸過蒼穹之瞳的繼承人，才會留下那樣的殘留。

一直以來蒼穹之瞳的繼承方法，都是遵循一個原則。

一旦蒼穹之瞳的繼承人死亡時，蒼穹之瞳就會自動轉移到這個世界上靈力最強的人身上。

但不知道為什麼，已經一連好幾百年，蒼穹之瞳的繼承人都是由德姆維爾家族的人繼承。

可是，因為這樣不正常的繼承模式，導致蒼穹之瞳的力量逐漸減弱，有一代不如一代的趨勢。

西方黃泉界最著名的一扇門便是在這種情況下誕生的。

由於對黃泉界的控制力量低落，德姆維爾家族才會建立這扇門，為的正是要限制那些不受控制的強大鬼魂。

沒有人知道關這些鬼魂的目的是什麼，也沒人知道，德姆維爾家族到底是如何讓蒼穹之瞳持續留在自己家族中。

不過這一切，都已經走入歷史了。

即便德姆維爾家族長期以來，與一個神秘又強大的組織——滅龍會合作，但是這樣背景實力堅強的組合，卻在幾個月前，被兩個男人毀滅了。

一個，是擁有與蒼穹之瞳相對的紅龍之眼傳人，江飛燕。

另外一個，正是相傳已經在這場大戰之中喪生的黃泉委託人，謝任凡。

只是不管是飛燕還是任凡，都沒有想到當時為了解救任凡的母親，而輕易打開的一扇門，竟會導致如此嚴重的後果。

即便是擁有洞悉未來能力的飛燕，也沒有辦法預料到，因為兩人的這個行動，居然徹底改變了西方黃泉界，並誕生了黃泉界最負盛名的傳奇。

3

法國巴黎郊外的一棟古老建築物前。

這棟位於墳場邊，已經半傾倒、被人遺忘的古老建築，過去是許多鬼魂經常聚集開派對的場所，最近卻成了全巴黎鬼魂，最敬而遠之的地方。

大約一個月前，一名不速之客造訪了巴黎，並把這棟古老的建築物，當成自己的根據地。

那天過後，巴黎境內只要略有姿色的女鬼，幾乎都被抓進這棟古老的建築裡，成為這個不速之客的禁臠。

這件事對最近的西方黃泉界來說，還只是冰山的一角。

潘朵拉之門打開後，許多強大的鬼魂都被釋放出來，到處可以聽到鬼魂的哀鳴，類似這樣的事情也不斷重複上演。

然而，今晚，就在這個被人遺忘的古老建築物中庭，許多鬼魂正聚集在這裡。

整個氣氛極度詭譎，幾乎所有不同的情緒都在這個時刻沸騰到了極點。

首先是站在庭院底端的那個男鬼，其貌不揚的他正是現在巴黎黃泉界，人人聞之色變的不速之客——盧卡斯。

此刻的他，正用一種調侃的表情，看著站在庭院中央的小女孩。

這個站在庭院中央的小女孩不是別人，正是在巴黎街頭賣火柴，想要湊足足夠的錢找黃泉委託人的小女孩鬼魂——艾蜜莉。

圍繞在庭院四周的眾多鬼魂中，很多女鬼就是被盧卡斯與他的手下強行抓來的，此刻正用擔心的表情看著愛蜜莉，似乎在為她捏一把冷汁。

而其他也站在一旁的盧卡斯手下，有些面露輕蔑，有些則是一派輕鬆。

就在這參雜著許多不同情緒的庭院中央，艾蜜莉的臉上卻帶有一絲靦腆，似乎不是很習慣來到這種那麼多陌生鬼魂齊聚一堂的場所。

「妳再說一次。」庭院底端的盧卡斯，歪著頭一臉傲氣地看著艾蜜莉說道。

「我說，」艾蜜莉低著頭，有點害羞地用眼角餘光瞄了一下四周說：「可不可以請你放過我媽媽？」

即便剛剛艾蜜莉已經說過了，但再一次聽艾蜜莉這麼說，四周的女鬼還是不免騷動了一下，似乎對艾蜜莉這種找死的行為感到害怕。

盧卡斯仔細打量了艾蜜莉一下，看起來就是一個可憐早夭的小女孩，並不像有什麼特別的力量。

既然如此，她為什麼敢隻身前來要自己放過她的母親？

這裡應該是目前全巴黎的鬼魂最避之唯恐不及的地方，但想不到這小女孩，竟然獨自一人前來，還直接表明要求盧卡斯放過她媽媽。

這天大的笑話如果傳出去的話還得了。

「如果我不放呢？」盧卡斯沉著臉問。

「那……」艾蜜莉扁著嘴說：「那我只好打倒你了。」

艾蜜莉說完，將兩隻小手舉到身前，擺出一副要打架的樣子。

看到艾蜜莉這個樣子，盧卡斯的手下們，有的捧腹、有的指著艾蜜莉大笑，更不乏趁機恥笑她一番的。

「妳會不會太不自量力了啊！」

「天啊！這小鬼是喜劇演員嗎？」

的確，光從外表看起來，這小女孩甚至還保有自己死時的模樣，想必道行也不會太高。

憑她這樣的能力，就想跟盧卡斯對抗，真的是找死。

然而在眾鬼魂的一陣笑罵聲中，盧卡斯臉上卻沒有半點笑意。

這對他來說，顯然是個極大的侮辱。

自己竟然被這樣一個不怕死的野小孩挑釁？

當然，盧卡斯一點也不怕艾蜜莉這個死小孩。

但他不得不考慮到這件事情如果傳出去的話，會產生什麼樣的效應。

如果不讓這個小女孩成為殺雞儆猴的對象，那麼未來跟自己挑戰的人，勢必會越來越多。

對一個有實力的人來說，這或許不成問題。

不過盧卡斯之所以會來到巴黎稱王，有兩個原因。

一個原因是，此刻的法國，正因為潘朵拉之門被打開的關係，重新開啟已經沉寂多年的千年戰爭。

正所謂蜀中無大將，廖化作先鋒。基本上所有有戰鬥力的鬼魂，都被捲入這場無止境的戰爭中，導致巴黎境內竟然沒有半個有力的鬼魂，可以對抗盧卡斯這種頂多只是地痞流氓裡的大哥，連角頭老大都還搆不著邊的等級。

而另一個原因，就是因為盧卡斯原本的根據地，被一個從潘朵拉之門出來的凶靈佔據了。

盧卡斯勢不得已，才會離開自己熟悉的地盤，來到巴黎。

原本以為巴黎比想像中還容易立足，正為自己得到新地盤而開心不已的盧卡斯，萬萬沒想到第一個敢挑戰自己的鬼魂，竟是眼前這隻小女孩鬼魂，真的讓他哭笑不得。

不行！如果不讓這小女孩死，不，不只要死，還要死得夠慘，這樣才能讓大家知道，反抗自己會是什麼樣的下場！

如果說，在小女孩之前，有任何人已經反抗過盧卡斯，那麼或許，今天他不需要對這小女孩下毒手。

要怪，只能怪她自己太白目，挑這樣的時間點來找自己吧。

盧卡斯的心意已決，他不打算讓艾蜜莉活著離開。

盧卡斯沉下臉，朝艾蜜莉飄過去。

雖然盧卡斯沒有多說，但所有人都知道，這小女孩恐怕是凶多吉少了。

艾蜜莉仍舊靜靜地站在中央，早在她決定前來時，她就已經沒有任何牽掛了。

她已經將自己的愛貓利迪亞，託付給一個她認為值得信賴的叔叔。

現在的她什麼都不求，只求能見到媽媽一面，可以再跟過去一樣，跟媽媽一起生活就好。

「妳這小鬼，」盧卡斯飄到了艾蜜莉面前，低下頭惡狠狠地瞪著艾蜜莉說：「真的是不怕死啊！」

盧卡斯說完，沒等艾蜜莉回應，突然抬起腳，朝艾蜜莉的腹部踢過去。

本來還以為盧卡斯要跟自己講話的艾蜜莉，根本沒留意到盧卡斯已經充滿了殺意，就這樣毫無防備地被重重地踢了一腳。

不只艾蜜莉，就連其他女鬼，也被這一幕嚇到驚聲尖叫。

想不到盧卡斯竟然殘忍到對一個小女孩下手，雖然眾多女鬼感到不安，但仍然沒有人敢出手幫助艾蜜莉。

艾蜜莉被盧卡斯這一腳踢飛了出去，盧卡斯順勢向前一飄，在艾蜜莉著地前，在空中一把揪住艾蜜莉的衣領。

艾蜜莉痛苦地抱著肚子，嘴巴卻仍然說著：「拜……託，把媽媽還給我……」

想不到艾蜜莉竟然沒有哭，但這也讓盧卡斯更加火大，他用力一甩，將艾蜜莉拋了出去。

艾蜜莉從半空中被丟到遠處的地板，雖然這對鬼魂來說，不會造成任何傷害，但剛剛被盧卡斯的那一腳踢到，讓艾蜜莉到現在還沒有辦法站起來，只能倒在地上。

盧卡斯飄了起來，原本打算慢慢虐殺艾蜜莉的他，在見到艾蜜莉的堅持之後，改變了主意。

他擔心艾蜜莉這樣的堅持，會激起其他女鬼的同情心，甚至……勇氣。

這是盧卡斯最不想看到的結果，所以他當機立斷，做出了決定。

要速戰速決，殺了艾蜜莉。

盧卡斯高高浮起，差不多上升到三層樓的高度。

此時，地上的艾蜜莉仍然抱著自己的肚子，痛苦地打滾掙扎。

盧卡斯彎起膝蓋，對準艾蜜莉的頭顱，準備用盡所有的力量，朝艾蜜莉衝去。

「啊——」

眼看小女孩即將被盧卡斯殺死，眾女鬼不禁發出了哀號與尖叫，一些膽量比較小的女鬼，撇過頭去，不敢目睹這殘忍的一幕。

「住手！」

一個嘹亮的聲音劃破了夜空。

所有鬼魂轉向聲音傳來的方向，來的竟然是一個活人。

原本在地上掙扎的艾蜜莉，看到了來的人，勉強地站起來，對著那活人叫道：「叔叔，你怎麼會……」

來的人正是任凡，而艾蜜莉的那隻貓咪也跟在任凡身邊，這時看到了小主人，喵的一聲後，跑到了艾蜜莉的身邊。

想不到艾蜜莉竟然有幫手，當下讓盧卡斯有點驚訝。

看得見鬼的活人，盧卡斯當然不是第一次遇到，因此對來者是個活人，盧卡斯並不感到意外。

只是看得見鬼，甚至還會出手多管閒事的，多半是神職人員或巫師、靈媒之類的靈能力者，這才是真正讓盧卡斯感到有些不安的地方。

他從空中降下來，上下打量著任凡。

很快地，盧卡斯便知道來的人，只是個看不見東西的瞎子，這讓盧卡斯鬆了口氣，但盧卡斯仍然十分小心。

「你是什麼人？」盧卡斯問道。

「一個只會欺負小孩子的人，」任凡輕描淡寫地說：「沒資格知道我是誰。」

「你說什麼？」盧卡斯臉上頓時蒙上一層殺氣。

盧卡斯撲向任凡，任凡一個側身躲過。

「唷，」一撲落空的盧卡斯叫道：「你這瞎子還挺敏捷的嘛。」

光是一個小女鬼就夠讓盧卡斯擔心自己的地位受到質疑了，現在又多了個活人，而且還是瞎眼的，這事傳出去還得了！

盧卡斯說完，沒給任凡任何喘息的時間，立刻又衝向他繼續展開攻擊。

任凡左躲右閃，盡可能避開盧卡斯的攻擊，但很快就被盧卡斯打到了一拳。

以目前雙眼看不見的情況來說，任凡是非常勉強地靠感覺來躲避盧卡斯的攻擊。

有幾次任凡還被盧卡斯一腳踹飛，撞上牆，不過任凡還是很快就又站起來。

轉眼間，任凡被盧卡斯逼退到了牆邊，雖然很勉強地躲過幾次盧卡斯的拳頭，但仍然處於一路挨打的狀態。

這點就連任凡自己都沒有料到。

終究，雙眼看不見對任凡來說，影響真的太大了。

除此之外，盧卡斯不夠強烈的靈力，也是讓任凡頗為困擾的問題之一。

如果說這傢伙的怨氣夠強烈，那相對的任凡感應力也比較強。

可是偏偏這傢伙的靈力並沒有那麼強大，如此一來任凡想要對付他，反倒難上加難了。

這下真應驗了那句話，亂拳打死老師父。

知道自己說不定會死在這裡，對任凡來說，倒也不是多難以接受的事。

畢竟，他身上的死神印記，早就宣告了自己的來日無多。

死在哪裡，似乎沒有那麼重要。

對從小就橫跨陰陽兩界的任凡來說，死亡一向不恐怖。

畢竟知道死後還有另外一個世界，死亡似乎就只是一種必經的旅程，如此而已。

但這並不表示任凡想死或者不在乎死亡，如果可以活下來，他當然不會輕易放棄希望。

只不過當自己做了所有努力，老大卻還是決定要讓他葛屁，那麼任凡也只能接受了。

在吃了盧卡斯一記右鉤拳後，任凡再也撐不住，整個人倒在地上。

盧卡斯見狀，反而退開來。

雖然盧卡斯看起來很憤怒，可是實際上剛見到任凡的時候，盧卡斯的內心卻是小心翼翼。

就連剛剛交手時，也都存著戒心，只要任凡有任何怪異的舉動，他都會隨時退開。

不過交手後，盧卡斯已經放下戒心，他非常清楚地知道，這瞎子根本就沒有辦法對付自己。

倒是另一邊，艾蜜莉原本還慶幸任凡前來，自己一定可以獲救，卻想不到任凡只是來送死的。

看到任凡的情況，讓艾蜜莉急到叫了出來。

「不要！」艾蜜莉對著任凡叫道：「叔叔，我不要你救了！這樣下去你會死的！快跑！」

小女孩天真的話語，聽在任凡的耳裡，卻是十分刺耳。

想不到，自己現在竟然被一個小鬼瞧不起了。

任凡苦笑了出來。

但這或許也是沒辦法的。

時勢比人強，如果今天的任凡還有過去的人脈，又如果現在小憐、小碧還在身邊，甚至任凡沒有失明的話，起碼有一百種方法可以打倒眼前這個不長眼的鬼魂。

可是現在的任凡，就連走路都可以撞到牆，更遑論對付這樣的鬼魂了。

但是，任凡終究是任凡，他不會打任何一場沒有勝算的仗，至於勝算有多少，那就不是任凡在意的了。

「怎麼啦？」盧卡斯一臉不屑地看著任凡笑著說：「連小女孩都瞧不起你，要你快跑了。如何，還想當英雄嗎？」

任凡沒有回應，對現在的任凡來說，最重要的就是在一片黑暗的世界中，維持自己隨時都可能會亂掉的方向感。

因為就在剛剛被打到牆邊角落時，任凡好不容易摸到了，他找尋已久的「容器」。

不同於過去光是掃視過去，任凡就可以擬定出數十種戰術。現在光是找尋一個堪用的容器，就已經夠任凡受的了。

他只祈禱那個摸起來像是個罈子還花瓶的東西，不會太易碎。

因為就在剛剛盧卡斯沒注意到的時候，任凡熟練地將隨身攜帶的符籙，貼到那個容器上。

一切只差最後一個步驟，然而這也是任凡最苦惱的一個步驟——就是如何吸引或者把對方逼到那個罈子的方向去。

如果對方是黑靈，或者力量強大一點的鬼魂，或許還可以激怒對方，讓對方朝自己衝過來。

可是偏偏對方卻是如此的不成才，如果太早激怒對方，效果恐怕不大，甚至會讓對方起疑心。

既然這樣，任凡可以用的只剩下……那個武器了。

「如何？」盧卡斯一臉不屑地說：「如果你現在向我下跪求饒，或許我可以考慮放你一條生路。」

任凡聽到盧卡斯的聲音，不敢多做猶豫，立刻從後面褲袋抽出彈弓，一連朝聲音傳來的方向射出數發彈丸。

過去彈無虛發的任凡，現在雖然靠著自己的聽力與強大的靈感應力，可以稍微感覺到對方所在的位置，但想要用彈弓精準打中，卻又是另外一回事了。

只見任凡一連盲目地朝對方射了幾發彈丸，即使目標連動都沒有動，但他仍舊沒有射中。

盧卡斯冷笑一聲，身影一動，飄到了任凡的左方，又是一拳重重地打在任凡臉上。

「既然你想要反抗，」盧卡斯面目猙獰地說：「那就不要怪我了！」

任凡被這一拳打到飛起，忍著痛在空中又是朝拳頭擊來的方向連射兩發。

這一下來得又快又熟練，就連盧卡斯都嚇了一跳。

可惜這兩發都差了一點，只從盧卡斯的左右臉頰邊飛過。

不要說彈弓了，這時就連任凡那曾經被鬼咬著三年不放，事後經過特殊處理，對鬼魂具有特殊威力的中指，都沒有辦法準確地戳到對手。

這下真的不妙了。

重重摔落地上的任凡再次苦笑。

想不到自己竟然連一個黑靈都不是的鬼魂，也對付不了。

「不要再打了！」

艾蜜莉叫著，朝任凡飄了過來。

任凡掙扎地從地上站起來，他可是一點都沒有退縮的打算。

「喵——」

這時任凡聽到了利迪亞的叫聲，似乎正在擔心自己與牠的小主人。

就像任凡一如往常的行事，他不會打任何一場沒有勝算的仗。

如果說這場戰鬥有任何變數，那麼應該就是牠了。

「如何？」任凡低下頭對利迪亞說：「你再不發威，就真的只是一隻病貓了。」

任凡話才說完，就聽到艾蜜莉驚呼。

「小心！」

任凡知道這是艾蜜莉提示自己，盧卡斯又發動攻擊了。

任凡立刻向旁邊一滾，剛好躲過了盧卡斯的這一擊。

盧卡斯見任凡躲過了這一擊，知道是艾蜜莉多嘴才讓任凡有機會閃躲，轉過頭來瞪了艾蜜莉一眼。

不先殺了這小妞，她會一直在旁邊提示任凡。

盧卡斯猛然朝艾蜜莉衝去，決定先殺了艾蜜莉。

想不到對方會突然改變目標，艾蜜莉根本來不及反應，只愣在原地。

就在盧卡斯伸出手，快要抓到艾蜜莉時，猛地一只跟人手掌一樣大的爪子，凌空朝盧卡斯的臉揮了過去。

盧卡斯見狀立刻向後一躲，十分勉強地躲過了這一爪。

定睛一看，原本看起來柔弱的小貓咪，竟在這個時候，變成了一隻跟成年男人一樣大的巨貓。

此刻的利迪亞儼然像是隻老虎，只是花色與一般認知的老虎不同罷了。

利迪亞擋在艾蜜莉前面，雙眼凝視著盧卡斯。

「嘶──」利迪亞的喉間發出了充滿敵意的聲響。

利迪亞瞬間變大，讓在場除了任凡之外的所有鬼魂都感到驚訝。

但對盧卡斯來說，他沒有多餘的時間做其他心理反應。

躲開利迪亞的一擊之後，盧卡斯站穩身子，將目標轉移到利迪亞身上，雙方立刻打了起來。

雖然利迪亞變大了，但似乎很不習慣這樣的戰鬥，儘管盧卡斯一時之間對付不了牠，但相對地牠也傷害不了盧卡斯。

艾蜜莉瞪大了雙眼，似乎對利迪亞的變化感到驚訝。

對動物來說，本來就比人類少了幾魂幾魄，所以在輪迴路上，常常都是往生就被帶回輪迴之路，鮮少有滯留人間的。

也因此大部分滯留人間的動物，其實都是有些道行的。

在中國的習俗中，將這些動物靈稱之為妖，正是因為這些滯留人間的動物靈體，多半都具有一定威力的靈力。

也因此打從一開始任凡就知道，這隻一直忠心耿耿跟著小女孩的貓咪亡魂，絕對不是一般的貓咪。

不管再怎麼說，牠總需要有點靈力，才能夠聚集足夠的靈魂滯留人間。

這時利迪亞纏住了盧卡斯，給了任凡絕佳的機會。

這就是任凡的長處，不管任何人或鬼，甚至是利迪亞這隻貓靈，任凡都可以很快了解與掌握，並且加以利用與配合。

這正是一個多月前，任凡可以在短時間內就與飛燕兩人聯手，成功摧毀滅龍會與打敗蒼穹之瞳繼承人的重要原因。

利迪亞的聲音給了任凡一個非常好的定位方向，讓他可以掌握到盧卡斯大概的位置。

任凡趁著盧卡斯在跟利迪亞糾纏的時候，移動了位置，讓自己與盧卡斯還有「容器」成為一直線。

「盧卡斯！」站定位之後，任凡叫道。

任凡咬著牙，伸出右手對盧卡斯比出了中指。

盧卡斯轉過身，原本還以為任凡要趁隙偷襲他，猛一回頭卻只看到任凡對自己比了中指。

這傢伙竟然敢愚弄鬼到這種地步。

在與利迪亞分不出勝負而心煩氣躁的情況下，憤怒控制了盧卡斯，而這也讓他踏入了任凡的陷阱。

盧卡斯甩掉了利迪亞，筆直朝任凡衝過去，在他的認知裡，任凡打從一開始就只是想要利用這隻貓靈而已，本身根本就沒有半點威力。

而對任凡而言，他忍了那麼久，就只為了這一刻，讓盧卡斯毫無顧忌地朝自己衝過來。

「來啊！你這個只會欺負小孩子的垃圾！」任凡怒斥。

「啊——」盧卡斯咆哮著衝了過來。

這聲音成了任凡最好的靶心，怒氣沸騰的盧卡斯也因為靈力增強的關係，讓任凡更容易就能感覺到他的存在。

盧卡斯算準距離將拳頭向後一縮，再向前猛力一揮，剛好可以正中任凡的臉，而任凡也戳出了中指，兩人同時擊中對方。

「嗚啊！」

不管在場的鬼魂再怎麼看，一根手指對上一顆拳頭，那瞎子肯定討不到任何便宜。

兩人互擊之後，任凡被打到向後退了好幾步，但盧卡斯卻像飛出去的砲彈般，完全朝反方向飛了出去。

那淒厲的哀號聲正是從盧卡斯的口中傳出來的。

盧卡斯筆直朝任凡貼有符籙的「容器」處飛去，在符籙的強大威力下，盧卡斯一接近，他的魂魄就立刻完整地被吸入「容器」中。

被盧卡斯一拳打退好幾步的任凡，站穩腳步後，不敢浪費時間，趕緊摸著牆壁，趕到「容器」旁。

任凡從口袋掏出另外一張符籙，朝容器的開口處一封，貼好之後才鬆一口氣地躺在旁邊的地板上。

這並不是任凡第一次在沒有撚婆的情況下收服鬼魂，但說不定是任凡第一次這麼費力，才收服那麼弱的一隻鬼魂。

類似這種程度的鬼魂，過去的任凡根本不需要費力，光是射射彈弓，不，說不定只是報個名號，就足以嚇跑他了。

想不到今天不但費了九牛二虎之力，還被那傢伙扁到全身是傷，這可當真是虎落平陽被犬欺啊。

想到這裡，任凡不禁苦笑地搖了搖頭。

現場的鬼魂，沒有發出半點聲音，大家似乎全都看傻了眼，就連任凡要去封印容器時，也沒有任何鬼魂插手阻撓或拍手叫好。

對雙眼失明，整個世界是一片漆黑的任凡來說，彷彿一切都沒發生過一樣。

剎那間，任凡真的覺得這一切，就好像只是一場夢一樣。

不管是這幾個月的遭遇，還是現在看不見任何東西的雙眼。

如果，這真的是一場夢的話，請快點讓我醒來吧。

任凡躺在地上，如此深刻地盼望著。

4

見到盧卡斯被收服之後，艾蜜莉立刻趕到任凡的身邊。

「叔叔，你沒事吧？」

艾蜜莉擔心的呼喚，讓任凡坐起身，勉強笑著揮了揮手表示沒有大礙。

「你的手指好厲害喔，一下就把盧卡斯戳飛了……」艾蜜莉一邊說，一邊順著看向任凡的中指，突然臉色大變叫道：「叔叔，你的中指爛掉了！」

任凡聽了沒有任何反應，畢竟他早就知道會有這樣的後果，也已經見怪不怪了。

「怎麼辦？叔叔，你趕快去醫院吧。」一眼看任凡不當一回事，艾蜜莉緊張地說。

「沒關係，等等包紮一下，過三個月它自己就會好了。」任凡語氣平淡地說。

「真的沒關係嗎？」

任凡再度揮了揮手，示意要艾蜜莉別瞎操心後，從口袋拿出自己早有準備的繃帶，笨手笨腳地包紮了起來。

因為眼睛看不見，任凡只好隨便捆一捆，將中指包得亂七八糟，看起來簡直比放給它爛的樣子還要恐怖，讓艾蜜莉是越看眉頭皺得越緊，感覺好像包了比沒包還糟糕。

可惜艾蜜莉年紀還很小，根本沒有過處理傷勢的經驗，所以也幫不上什麼忙。

「是盧卡斯害你的手爛掉的嗎？」艾蜜莉皺著眉頭問。

「不是，」任凡搖了搖頭說：「它會爛掉，是因為以前有一隻鬼，想找我幫他的忙，我不答應，他一氣之下就咬了我這根手指，而且一咬就是三年多不放……」

「哇！好過分喔，所以是舊傷發作嗎？」沒等任凡把話說完，艾蜜莉驚呼道。

「妳要這麼說也是可以。」任凡聳了聳肩說：「不過，也是因為他，我的中指才有那個力量可以對抗惡靈，只是用了就會潰爛，要等三個月它才會完全康復，恢復之後才能再使用。」

那個咬住任凡中指的鬼魂，生前是一名寺廟住持，任凡在一次歪打正著的情況下，意外解決了他的委託，他才將自己供奉多年的鎮寺之寶，拿來修補任凡的中指作為賠罪與報酬，從此之後，任凡的中指才有了連黑靈都不敵的法力。

然而跟艾蜜莉解釋這麼多，恐怕她也只是有聽沒有懂，因此任凡就不多提了。

就在艾蜜莉似懂非懂地點了點頭後，原本圍觀的鬼魂開始騷動起來。

想不到這個在巴黎黃泉界人人聞之色變的盧卡斯，竟然就這樣被任凡與艾蜜莉的貓咪利迪亞聯手打倒了。

所有鬼魂看著這場不可思議的戰鬥，一直到了勝利的那一刻，眾鬼魂還是不太能相信，眼前這個瞎子竟然用一根指頭就把盧卡斯戳飛。

這一切都來得如此突然，打從一開始這個名叫艾蜜莉的小女鬼出現，任誰也想不到今晚會是盧卡斯雄霸巴黎的最後一晚。

眾鬼魂們在愣了好一會之後，最先回神過來的，是那些仗著盧卡斯的威勢，作威作福的手下們。

老大都被戳飛了，這群手下更不可能是對手。

一片哀號聲之後，盧卡斯的手下飛的飛、逃的逃。

在哀號聲過後，傳來的就是重獲自由的女鬼們的歡呼聲。

自由，這個在人世就已經無比珍貴的東西，在黃泉界更是珍貴萬分。

當這些女鬼被盧卡斯擄過來時，她們以為自己將會永遠成為盧卡斯的奴隸與玩物，就好像落入無間地獄一樣，永遠地被盧卡斯玩弄奴役。

無間對擁有無限時間的鬼魂來說，即使是在人間也是一種地獄。

畢竟在這個生命無止境的世界，時間是一種非常恐怖的東西，不少鬼魂都曾經聽過類似這種被某個鬼魂抓了之後，經過了好幾個世紀都沒有被解放，最後甚至還被殺害的傳聞。

對鬼魂來說，再一次死亡絕對是比上次的死亡更加恐怖萬分，因為鬼魂被殺害就等於是消滅，那可就真的是從此不管在人間或黃泉界，都徹底、永遠的消失了。

也正因為如此，被抓走的鬼魂絕大多數都比生前還要膽小或謹慎許多，不敢隨意輕舉妄動的結果，導致他們一被禁錮，時間就是以世紀為單位來計算，甚至再也出不去。

就算沒有聽過囚禁的傳聞，相信也會在各地看到許許多多的地縛靈，那些地縛靈當中有不少是必須要一次又一次重複經歷死前所承受的折磨，一直到鬼差把他們回收為止。

天曉得這一次被盧卡斯這樣的鬼魂抓來，要到幾百年後才會重獲自由。

誰知道才短短一個月就被拯救出來，這已經夠讓她們感到無比歡喜了，更讓她們驚喜的是，拯救她們的竟然是一個沒有半點道行的小女鬼與她的寵物，還有一個瞎了眼的活人。

鬼魂們紛紛圍繞在任凡與艾蜜莉的身邊，拚了命地向兩人道謝。

「謝謝你們，」其中一個女鬼喜極而泣地說：「如果不是你們，我們可能要被他折磨到死了。」

艾蜜莉在眾多的女鬼魂中，尋找著自己的母親，可是卻到處都沒有看到那個她思念已久的熟悉身影。

「妳就是艾蜜莉嗎？」其中一個女鬼仔細看了看艾蜜莉問道。

艾蜜莉點點頭。

「妳媽媽是叫貝拉吧？」女鬼向艾蜜莉確認。

艾蜜莉用力地點點頭。

「我認識妳媽媽，」女鬼說：「她常常跟我提起妳，還說她很擔心妳一個人在巴黎街頭流浪，不知道會不會有危險。」

「媽媽呢？」

「她……」女鬼猶豫了一會之後，才緩緩地說：「貝拉被盧卡斯送去普里瓦，給一個叫做泰勒的傢伙。」

艾蜜莉聽了，失望地低下頭。

好不容易打倒了盧卡斯，沒想到媽媽已經不在這裡了。

另一邊的任凡，則在聽到女鬼這麼說之後，臉上略微浮現驚訝的表情。

真是命運弄人啊。

姑且不論為什麼要把艾蜜莉的媽媽送到阿爾卑斯山附近的普里瓦，還有那個泰勒到底又是什麼人，想不到自己終於幫艾蜜莉解決了盧卡斯，竟然會……

任凡想到一半，突然腹部又傳來異樣的感覺。

怎麼會！

任凡臉色蒼白，搖了搖頭。

不知道是不是剛剛戰鬥的關係，這次死神印記再次發作的時間，比起先前都還要來得快上許多。

任凡感覺到腹部又有那種被死神用鐮刀刺穿時的劇痛。

其他鬼魂仍在為自己重獲自由而歡欣鼓舞，沒有任何鬼魂發現任凡的異狀。

「走……不要……靠近。」過度的疼痛讓任凡難以言語，連一句話都說不清楚。

這時腹部的傷口處，冒出了大量的黑煙。

所有鬼魂這才終於注意到任凡的異狀。

其中一個死亡時間比較長的女鬼，看見了任凡的模樣，先是一愣，然後一臉驚恐。

那女鬼指著任凡叫道：「他有死神印記！快走！」

原本還沉浸在歡樂中的女鬼們，一聽到這句話，所有笑聲戛然而止。

「啊——」其中一個女鬼瞬間嚇到花容失色，尖叫起來。

隨著尖叫聲而來的，是眾鬼魂一邊逃命，一邊無情地咒罵。

「你這個該死的！」

「不要靠近我們！」

「走開！」

所有鬼魂立刻朝四面八方飄散逃離。

畢竟對這些女鬼而言，被盧卡斯抓了，還可以活下去，天曉得被死神印記的黑霧噴到，會不會不小心成了死神的目標。

對這些鬼魂來說，死神印記根本就是鬼魂的瘟疫，就好像是會被傳染，而且必死無疑的黑死病一樣。

艾蜜莉一臉不敢置信地看著眾鬼魂們，她渾然不知為什麼這些鬼魂會這樣說翻臉就翻臉。

「為什麼？」艾蜜莉對那些四散的鬼魂叫道：「是叔叔救了妳們的！為什麼要這樣罵叔叔？」

只顧著逃命的鬼魂，根本就沒人理會艾蜜莉的抗議。

轉眼間，只剩下艾蜜莉與任凡，加上艾蜜莉的貓，還留在原地。

「怎麼可以這樣？」艾蜜莉扁著嘴嘟噥道，似乎是為任凡感到委屈。

任凡痛苦地搖搖頭，示意要艾蜜莉不要在意。

然而腹部死神印記的地方傳來了劇烈的痛楚，讓任凡再也撐不下去。

艾蜜莉衝過來想要查看任凡的狀況。

「不要過來！」任凡怒斥道。

艾蜜莉被任凡這一聲怒斥，嚇得跑到一半就僵在原地。

「不……要碰到我。」

任凡幾乎用盡了所有力量，才吐出這麼一句話。

他不想害了艾蜜莉，死神印記本來就是個不祥的東西，雖然任凡知道它不會傳染，但如果公開幫助任凡，就等於是跟死神過不去。

到時候艾蜜莉可能會因此惹禍上身，這是任凡不想見到的。

「……妳快走，」任凡對著艾蜜莉說：「不要……管我。」

任凡說完之後，再也撐不下去，整個人暈了過去。

整個庭院裡，只剩下艾蜜莉，她淚眼看著任凡，卻不知道該如何是好。

第4章・起源與終末

1

十二年前，台中。

任凡作夢也想不到事情真的會發展得如此順利。

兩人下山後，阿康二話不說就找上了黃伯，提出了報酬的事，而黃伯竟然真的答應了，就連報酬都準備好了。

原來黃伯的祖墳裡，有一些陪葬品，其中不乏有點價值的東西，相信變賣之後可以換一點錢。

只要阿康與任凡兩個可以幫他趕走盜墓賊，黃伯願意拿這些東西當報酬，讓任凡與阿康當作盤纏。

反正人世間所謂的金銀財寶，對鬼魂來說除了紀念或欣賞，實質上並沒有太大的意義與價值。

對黃伯來說，那些值錢的陪葬品留著也只是被盜墓賊騷擾、盜取而已，還不如拿來進行一場交易，為自己與家族換得無後顧之憂的平靜。

「你自己說吧。」任凡雙手盤在胸前對阿康說：「現在該怎麼辦？」

阿康這時也是一臉苦惱的樣子，很明顯剛剛對著黃伯拍胸脯的自信模樣，全都是不負責任的業務手法。

阿康一心只想著要取得報酬，至於該怎麼對付覬覦黃伯祖墳的盜墓賊，則是一點想法也沒有。

「報警，你覺得如何？」阿康苦著臉問任凡。

「報警？」任凡挑眉說：「你知道他們什麼時後行動嗎？」

阿康用力地搖搖頭表示不知道。

「那我該怎麼告訴警方？」任凡攤開手說：「說因為我有一個鬼朋友不自量力，答應了一個叫做黃伯，同是鬼魂的委託，所以我才確定會有盜墓賊，要來盜取他們家的祖墳？」

阿康皺著眉頭，理了好一陣子才聽懂任凡說的話。

「你認為警方會相信？」任凡誇張地說：「連我自己都不相信我剛剛說的，你認為警方會相信嗎？」

「多半是……不會。」

「知道就好。」

兩人沉默以對地坐在涼亭發愣。

「這該怎麼辦才好呢？」阿康來回踱步喃喃自語道。

「只有這個辦法了。」任凡說。

「什麼？」

「裝神弄鬼嚇他們。」

「你要扮鬼？」阿康挑眉問道。

「我扮鬼？」任凡白了阿康一眼說：「那你要幹嘛，在旁邊裝人嗎？」

「喔，我以為我們要一起扮啊。」

「你本來就是鬼了，你是在跟我裝肖維嗎？」

阿康自討沒趣地搔搔頭。

「可是，」阿康想了一會說：「他們這些盜墓的，本來就是屬於既不信邪，又鐵齒的人，不然怎麼還敢做這種事情。」

「不用說，」任凡無奈地攤開手來說：「你這傢伙腦袋裡面想的裝神弄鬼，肯定是你突然現身說哈囉之類的，不然就是拉拉人的衣服，讓東西飛起來等等。」

任凡每說一樣，阿康就跟著點一次頭。

任凡白了阿康一眼說：「這種方法不要說盜墓賊，稍微有膽一點的或是神經大條一點的，都不會被這種老梗嚇到，嚇嚇小朋友倒還可以啦。」

阿康若有所思地點點頭，好像自己也遇過類似這樣，被活人撞見卻無視他存在的經驗。

「這樣突然跳出來，不就是一堆恐怖片讓人詬病的地方嗎？你堂堂一個真鬼，想到的招式竟然跟人家恐怖電影的差不多，你不怕傳出去丟臉嗎？」

「不然咧？」

「當然要有戲劇性，」任凡理所當然地說：「氣氛才是最重要的。」

阿康皺著眉頭用手比了比下面。

「他們不就是要來墓地嗎？」阿康誇張地說：「還有哪裡比墳場更有氣氛的？」

「氣氛是要營造的，不是隨便一個場景就算了事了！」任凡揮了揮手說：「就算是墳墓，他們好幾個人一起來，哪裡還有恐怖的氣氛？」

阿康想想也對，人多膽大，就算是三更半夜來挖墳，恐怕比單獨一個人在白天來墓地還要不恐怖。

「那該怎麼做？」

「當然是要有計畫性的，」任凡點了點頭說：「先讓他們互相猜疑，然後再讓他們疑神疑鬼，先用一些小東西澆熄他們的勇氣，再讓他們看看什麼才叫真正的恐怖，如果一切都能照我計畫進行的話，到時候說不定你只要在最後露個臉，就足以讓他們嚇得屁滾尿流了。」

想不到從小就跟眾多鬼魂混在一起長大的任凡，也知道怎樣的場景叫做恐怖，不，或許就是因為跟鬼魂太熟，才有辦法體會什麼是真正的恐怖。

阿康點點頭，嘴角不禁上揚，期待任凡會製造出什麼樣的恐怖場景。

任凡與阿康兩人合作，一連布置了三天，並在墓地附近守了將近一個禮拜的夜，終於見到了那群盜墓賊。

剛開始任凡與阿康並沒有立刻展開行動，而是靜待十分鐘左右，讓盜墓賊們產生一切都很順利的錯覺。

過了十分鐘後，阿康便依照任凡的指示，輪番偷偷到四個盜墓賊的耳邊說話。

果然沒多久，一個脾氣比較暴躁的盜墓賊就先被惹惱了，直指著其他同夥，警告他們不要一直在他旁邊講一些五四三的話。

一個人火氣上來了，其他人的情緒自然也會被影響，其中一人立刻反駁自己根本沒說過那些話，並反過來指責先動肝火的那一位，憑什麼一直抱怨大夥這裡做不好、那裡也做不好，就連帶來的工具太醜這種事也要拿出來唸幾句。

當然，這些挑撥離間的話語，都是從阿康的口中說出來的，只是他們並沒有發現。

而四人中膽子最小的一個，從剛剛就一直聽到詭異的聲音，但其他人又沒任何反應，所以一直不敢說出口。

現在眼見有兩人吵了起來，讓他既害怕真的有鬼魂出沒，又擔心被人發現他們來盜墓，終於提議要大家放棄這次的行動。

只是吵得不可開交，甚至快要大打出手的兩人，根本沒心去理會這個膽小鬼。

然而，四人中總要有個領頭的，那個從頭到尾都顯得比較沉穩的，看起來就像是他們的首領，在他出手安撫與調解糾紛之後，三人也逐漸冷靜下來。

就在盜墓集團狀況恢復得差不多時，阿康也開始進行下一個階段的計畫。

阿康趁他們不注意時，稍微變換了他們身邊帶來的工具位置與狀態。

果然，這些微卻會被注意到的改變，立刻又引起了先前吵架的兩人互相猜疑是對方在搞鬼。

只不過這次，兩人還沒有動怒，看似比較冷靜的首領卻率先發出怒吼。

「是誰把火吹熄了！」首領指著立在旁邊的蠟燭怒斥。

雖然四人都各帶了手電筒，但相傳用燭火可以測試有沒有鬼魂出沒，讓或許心理還是有鬼的盜墓集團，特地點了根蠟燭來當作觀察指標。

這樣的傳說，任凡似乎也曾經聽說過，只是他當然不需要靠這種東西去判斷鬼魂是否存在，因此也從來沒有在意過這種事。

不過任凡知道的是，這個傳言可以好好利用，因此特地交代阿康，如果他們帶了蠟燭，一定要在沒有風的情況下，故意把它吹熄。

果然這一熄，首領緊張了，由於不願意相信有鬼，因而強迫自己認定是其他人搞的鬼，但這改變不了他已經起疑，並且產生恐懼感的事實。

首領慌了，其他人也就跟著亂了，吵架的兩個互相指控一定是對方吹熄的，膽小的哭著大聲喊冤，並吵著要回去，首領則是被三人跟阿康搞得精神都快崩潰了。

就在四人一團混亂的時候，周遭默默地冒出幾團鬼火，等到他們發現時，已經被鬼火包圍了。

終於知道原來這一切都是鬧鬼的關係，四人瞬間安靜下來，吭都不敢多吭一聲。不安的情緒頓時竄上腦門，當四人感覺到不對勁，猛一轉身，阿康一張慘白、充滿死亡氣息的恐怖臉孔，就這麼無聲無息地貼在他們面前。

雖然這是任凡與阿康第一次聯手對付盜墓賊，但一切都照著任凡擬定的劇本走。這一行四人的盜墓集團，最後不但真的被任凡與阿康鬧到起內鬨，其中還有一個被阿康嚇到尿濕了褲子。

只是唯一美中不足的是，當任凡與阿康兩人順利嚇跑那些盜墓賊之後，作為嚇人道具的鬼火，不小心引起了火災。

結果，任凡與阿康不但燒了黃伯的墳，還在滅火時，不慎踩斷了黃伯的頸骨。

從此，黃伯的頭彷彿風中殘燭，真的連風大一點都可以把它吹掉。

也因此這顆頭顱後來成為黃伯的愛孫與他的好友們，拿來當成競賽的工具。

最後兩人也不敢收黃伯的報酬，反而把那些陪葬品換成錢，用來修補黃伯家的祖墳。

在黃伯的祖墳修好後，阿康與任凡又得啟程了。

「真的很不好意思，黃伯。」任凡再三向黃伯道歉。

「不，」黃伯深怕頭又掉下來，所以扶著頭說：「我知道你們是無心的，可以趕走那些盜墓賊，我已經很感激了。」

這時，一旁的阿康突然跳上石牆，站在石牆上，大聲地對底下的黃伯還有其他鬼魂說：「雖然這次有點美中不足，可是聽清楚了，黃伯還有底下的大家，從今天起，他就是黃泉委託人謝任凡，你們就儘管告訴其他人，如果有任何麻煩或委託，甚至是對人世間有什麼眷戀想要達成的，儘管來找我們，我們都會幫大家完成。」

「搞屁啊，阿康！」任凡在石牆邊揮了揮手，低聲對阿康斥道：「別把那麼難聽的東西講得那麼大聲啊。」

「哪裡難聽啊？」阿康一臉不以為然地說：「很響亮啊！對吧，黃伯？」

黃伯尷尬地笑著點了點頭，這一點頭差點又要掉了。

「快下來，別丟臉了。」

任凡要阿康下來，但阿康卻反而揮揮手說：「別吵，重點我還沒有講。」

阿康說完後，又大聲地對著大夥說：「不管什麼委託都可以來找我們，不過，有個非～～常重要的條件，就是記得要帶錢或是可以換錢的東西來啊！」

看到阿康完全不理自己，任凡氣得轉身就走了。

阿康見狀，立刻草草要其他人記得幫忙宣傳一下之後，匆匆忙忙地追上去。

看著兩人的身影，黃伯有種以後還會再見到他們的感覺。

後來黃伯的預感對了一半，因為這個黃伯不是別人，正是後來在任凡當成根據地的雙胞胎大樓中，被人稱為長老的黃伯。

而在任凡離開台灣的這段期間，那棟作為根據地的雙胞胎大樓，也是託給黃伯幫忙管理。

幫黃伯趕走盜墓賊，是黃泉委託人第一件流傳在黃泉界的事蹟。

只是，這次的名聲跟面子不是很好看就是了。

多年後當任凡正式離開撚婆，開始為了尋找自己的生母而努力時，他使用的方法，正是阿康那天跟自己說的方法。

任凡相信只要能夠在黃泉界混出名堂來，總有一天一定可以找到自己的生母。

而多年後任凡所使用的名號，也正是那個自己不怎麼喜歡，但卻是由阿康所創造的——

黃泉委託人。

2

任凡緩緩地張開雙眼，世界卻仍舊是一片漆黑。

身體感覺不到陽光的熱度，讓任凡猜測此刻應該還是夜晚時分。

在這一片的黑暗世界中，對任凡這個過去不但看得見，還看得比一般人多的人來說，是種無止境的煎熬。

想不到，連這個煎熬都還沒有機會克服，接踵而來的卻是如此不堪的命運。

被死神標記的任凡，不但同時被剝奪了他在黃泉界的一切，更逼著他得要去面對那些曾被封印在潘朵拉之門內的惡靈。

然而，任凡不是個會向命運低頭的人，即便知道反抗的下場，很可能就是成為死神永遠的奴隸，但任凡還是執意做出最後一擊。

這就是為什麼，任凡堅持要小憐、小碧離開的真正原因。

眼前死神留給任凡的兩條路，不管哪一條，任凡的下場都不會太好。

第一條是服從死神的指示，去抓那些從潘朵拉之門中逃走的惡靈。

一旦踏上這條路，任凡的命運就是成為死神的奴隸，差別只有活著幫死神做事，還是死了之後才成為奴隸，一樣是幫死神做事。

另外一條路是無視死神的指示，看看死神印記最後讓自己如何死去，然後成為死神永久的奴隸。

不管哪條路，只要任凡不服輸，小憐、小碧很可能會跟著自己走到最後，兩人的下場恐怕也不會太好。

尤其當任凡下了決定，要走這兩條路以外的第三條禁忌之路時，任凡知道自己踏上的是一條不歸路，當然也更沒有理由拖著兩人去死了。

在剛到歐洲的那幾個月，任凡為了快速打響名號，幾乎所有委託都來者不拒。

當然，那時候的任凡跟當時與阿康一起離家出走時的任凡，早就已經不可同日而語。

不管是什麼千奇百怪的委託，對現在的任凡來說都已經不是什麼新鮮事了。

任凡在歐洲的起步比起台灣來說，要順利許多。

就算剛到歐洲，人生地不熟的沒什麼人脈，也只不過是辦起事來比較麻煩一點而已，基本上都還算是得心應手。

畢竟這不是任凡第一次從事相關工作，雖然西方的許多風俗民情不太一樣，但是任凡適應得非常快。

在任凡於歐洲打響名號，打倒那個雄霸一方的凱撒大帝前，只有三個委託比較棘手，任凡戲稱這三個委託為「三大奇案」。

而與這「三大奇案」相比下，其他案件就顯得非常簡單與輕鬆。

像是其中有這麼一個委託，跟三大奇案比起來，簡直就是不費吹灰之力。

有個上了年紀的鬼魂找上任凡，並且委託他一樁非常簡單的任務。

那個鬼魂希望可以跟自己還在人世的妻子，見上一面。

這種委託對任凡來說幾乎是百分之百會接下來，能夠輕鬆賺錢的委託。

畢竟它的難度，就只有要怎麼讓活著的那一方看到委託他的鬼魂而已。

至於雙方見面之後，活著的人相不相信自己所看到的，那就不是任凡的問題了，因為只要讓他們見到面，任務就算達成了。

只是這次比較可惜的是，當初在台灣蒐集到，可以讓沒有陰陽眼的人也能暫時看得到、聽得到鬼魂的「靈晶」，已經送給任凡唯一的人間朋友白方正了。

靈體與人間才有的空氣接觸之後，會產生類似人類皮屑的東西，而這種東西長時間累積到一定的數量便會形成一種物質，這種物質就是任凡所稱的靈晶。

要找到滯留人間至少上百年的鬼魂已經有一定的難度了，還要從他們身上得到靈晶又更不容易了，因為要從鬼魂身上取下靈晶時，會讓鬼魂產生魂魄分離，感覺到就像是在刮肉一樣的痛苦，許多鬼魂根本無法承受。

為了解決這個委託，任凡還特別多接了幾個委託，才終於蒐集到珍貴的靈晶。

蒐集了靈晶之後，也就順利讓委託人與他的遺孀見上了一面。

事後任凡才知道，原來那個鬼魂生前是骨董文物商。

對這些骨董文物商來說，眼光是他們賴以為生的東西，而他們的世界不乏許多傳說與充滿神秘色彩的古物。

很多錯誤的判斷與過度的迷信，很可能會讓以此為生的商人承受嚴重的損失，這個鬼魂正是這樣的例子。

出身骨董文物世家的他，從小就受到家族的影響，也對這些古物充滿興趣。

然而，對傳說的追求，讓他幾乎傾家蕩產。

他散盡家財只為了追尋一個自己從小到大都深信不疑的傳說。

但當他成功得到了那件從小到大夢寐以求的傳說古物之後，卻也改變不了已經傾家蕩產的事實。

最後他試圖想要賣掉那樣傳說古物，卻發現市場上根本沒有人願意出高價購買。

這筆投資，終於逼得他步上絕路。

他之所以想要跟自己的妻子見面，就是希望好好跟妻子道歉。

因為他的執著，誤了自己與全家人的幸福。

委託是順利解決了，但那份委託，最後任凡只得到一個情報，得知那個傳說中的古物最後埋藏的地點。

可是，對任凡來說，這是個一點用都沒有的情報。

總覺得一個讓委託人在生前傾家蕩產，但最後卻連賣都賣不出去的古物，應該不是一個有「價值」的東西。

當時任凡認為這算是一樁虧本的生意，只是萬萬想不到，這會是他今天下重注，賭上自己性命的一個情報。

不要說是當時的任凡了，就算是現在的任凡，也覺得自己會賭在這個情報上，真的是在玩命。

如果小碧、小憐還在身邊的話，兩人恐怕也不會贊成自己這樣做吧？

想到小憐、小碧，讓任凡的心又揪了一下。

不知道她們是不是真的乖乖地去枉死城了。

任凡衷心這麼希望著，但以任凡對這兩人的了解，肯定是不會這麼認命的。

任凡覺得兩人應該會先回去找撚婆，並且把所有事情的來龍去脈告訴撚婆。

在知道事情的嚴重性之後，雖然撚婆不見得猜得到任凡現在所作的打算，但任凡相信撚婆也會勸兩人下去的。

到時候就看兩人能不能聽撚婆的勸，乖乖下去枉死城了。

至於兩人抵達枉死城之後的事情，任凡就一點也不擔心了。

早在出發前往歐洲之前，任凡就已經找過與自己交情匪淺的高級鬼差葉聿中，一旦小憐、小碧兩人到了枉死城，日子也不會難過的，因為任凡早就事先為兩人把一切都打點好了。

只希望兩人真的會乖乖下去，到時任凡就了無牽掛了。

突然，身旁傳來一陣貓咪的低鳴，讓任凡徹底清醒過來。

與此同時，一種奇怪的感覺襲上任凡的心頭，任凡立刻坐起身。

「叔叔，」耳邊傳來的是艾蜜莉的聲音，「你醒啦？」

任凡揮了揮手，示意艾蜜莉先不要說話。

因為這種感覺任凡一點也不陌生。

他非常清楚利迪亞為什麼這樣嘶叫了。

這時，庭院中央的草地上，浮現一個黑洞，黑洞中冒出大量的黑煙。

雖然任凡看不到，但這種強烈的靈力，讓任凡非常清楚——死神來了。

編號一二九的死神，那個在任凡身上留下死神印記的死神，又再度出現在任凡面前了。

3

雖然從沒見過死神，但光是那股圍繞在死神身邊的黑霧與死神所帶來的死亡氣息，就足以讓艾蜜莉趕緊抱起利迪亞要牠乖乖安靜，然後躲到任凡的身後，連正眼都不敢看死神一眼。

「很好，」死神一二九淡淡地說：「看樣子，你已經開始想要回收那些鬼魂了。這樣我就不用那麼早讓你死。」

死神一二九到了牆邊，低頭看著那個被任凡當成容器，將盧卡斯封印在裡面的罈子。

「可是很遺憾的是，」死神一二九緩緩地搖了搖頭說：「這個，並不是從潘朵拉之門逃走的鬼魂，只是一個作惡多端的惡靈而已。」

打從一開始，任凡對付盧卡斯就不是為了死神，所以現在聽到死神一二九這麼說，任凡一點反應也沒有。

「把上面的符撕掉，」死神一二九比著罈子上面的符說：「我要帶他下去。」

任凡聽到死神一二九這麼說，側著頭饒富興味地問：「怎麼，你也會怕那張符嗎？」

任凡充滿挑釁意味的話，讓死神一二九的披風震了一下，身上散發的黑氣也瞬間變得更加濃烈。

「你這個打開潘朵拉之門的罪人，」死神一二九轉向任凡說：「真的這麼想死？」

「沒有，」任凡聳聳肩說：「只是出於純學術性的好奇，想知道東方的符籙，對你們西方死神是不是也適用。」

死神一二九凝視了任凡良久，他不懂這男人的腦子到底都裝了些什麼。

這已經讓他打算如果今天就是任凡的死期，他會好好把任凡剖成兩半來仔細研究研究。

可惜的是，今天並不是任凡該死的日子。

「這種態度，」死神一二九舉起了鐮刀說：「對你不會有半點幫助。」

死神一二九說完後，大刀一揮，那個封住盧卡斯的罈子立刻被劈成兩半。

一陣白煙從罈中冒了出來，在煙霧中，一個熟悉的身影慢慢浮現。

盧卡斯從煙霧中飄出，甩了甩頭。

仇人相見分外眼紅的盧卡斯，一見到任凡與艾蜜莉，臉上立刻蒙上一層殺氣。

在被困在罈子裡的憤怒與恐懼，此刻全化成高漲的殺意，他決定將兩人碎屍萬段。

原本一個死神一二九已經夠讓艾蜜莉害怕了，想不到他還將盧卡斯放出來，艾蜜莉抱著利迪亞緊閉雙眼，幾乎把整個人都貼在任凡的背上。

任凡則是面無表情地站在那裡，似乎對這一切都沒有任何反應與興趣。

盧卡斯怒號一聲，朝兩人衝過去。

盧卡斯身後的死神一二九，將鐮刀打橫，用刀柄敲了一下旁邊的石牆。

被恨意沖昏頭的盧卡斯，壓根沒注意到後面會有人，猛一回頭，看到了死神一二九。

雖然盧卡斯這輩子沒見過死神，但光憑一二九身上所冒出來的黑氣與那身行頭，不需要多做介紹，盧卡斯也知道來者何人。

只見盧卡斯原本一臉狠勁，瞬間全消失不見。

「不，我不要，」盧卡斯猛力地搖著頭說：「我還不要下去！」

絕望、痛苦與哀傷，融合而成的詭異表情，浮現在盧卡斯的臉上。

「不要！」盧卡斯哀號。

盧卡斯嚇到連魂都快要飛了，轉身用最快的速度逃離現場。

「看到沒？」死神一二九冷冷地對任凡說：「這才是見到死神該有的態度。」

「你忘記了嗎？」任凡也冷冷地回應死神一二九說：「我可是個盲人，所以當然沒看到。」

「哼。」

死神一二九冷哼一聲，將身上的披風一震，在空中留下了炫目的殘影，下一秒就聽到遠處盧卡斯淒厲的哀號。

死神一二九在空中用鐮刀鉤住盧卡斯，在死神面前，盧卡斯一點機會也沒有。

死神一二九宛如一隻飛翔的禿鷹，用爪子鉤住了盧卡斯後，飛回任凡與艾蜜莉的上空。

「聽清楚，」死神一二九對任凡說：「你身上的死神印記，發作的時間間隔會越來越短，情況也會越來越嚴重。如果不想多受苦，最好快點找到逃走的亡靈，將他制伏之後交給我，否則你將成為我永遠的奴隸，記住了。」

死神一二九說完後，鉤著盧卡斯朝地面猛衝，撞上地面後，消失得無影無蹤。

4

死神一二九離開之後，過了好一陣子，艾蜜莉才安心地從任凡的後面飄出來。

「呼，」艾蜜莉鬆了一口氣，摸著手上的利迪亞說：「那個好恐怖的人就是死神嗎？我第一次見到。」

「怎麼，妳死掉的時候，沒有看過嗎？」

按理說，如果是大限已至的人往生，都會有死神來迎接，畢竟這就是鬼差的主要任務。

艾蜜莉搖搖頭說：「沒有，我只有見到媽媽。」

艾蜜莉死於一場車禍，在她的靈魂離開肉體之後，看到的就是母親貝拉，從此就跟著貝拉一起在黃泉界生活。

不需要艾蜜莉解釋，任凡也知道艾蜜莉是死於非命，並非大限已至。

在東方類似這樣的案例，多半是由滯留人間的兼職鬼差，領去枉死城居多。

任凡大概可以猜到，艾蜜莉的母親應該是見到自己的孩子死於非命，所以才會在艾蜜莉死後，帶著她一起生活，直到艾蜜莉的大限時間到，死神來帶她為止。

但現在艾蜜莉的媽媽卻……

「叔叔……」艾蜜莉一臉失落地對任凡說：「你真的打開了那扇門嗎？」

「……是。」

艾蜜莉聽到任凡的回答，抬起頭來看著任凡的臉。

跟媽媽分開後，艾蜜莉在街頭遊蕩了好一段時間，當然也聽過許許多多的傳聞。

其中有一個就是此刻的歐洲會如此混亂，正是因為有人打開了那扇傳說中的潘朵拉之門，導致許多兇猛的惡靈流竄出來所致。

而那個開門的人，正是艾蜜莉聽過的——黃泉委託人。

「所以叔叔，」艾蜜莉眨著一對大眼睛看著任凡說：「你就是那個黃泉委託人嗎？」

「……是，」任凡面無表情地說：「曾經是，但現在的我已經什麼都不是了。」

艾蜜莉年紀還很小，即便死後跟著媽媽，也不過才一兩年的時間，完全無法體會任凡話中的悲楚，而任凡也不期望有任何人能夠了解。

「有人告訴我，」艾蜜莉抿著嘴說：「他們說媽媽會被抓走，都是你害的，因為你打開了門，裡面跑出來很多恐怖的鬼魂。」

聽到艾蜜莉這麼說，任凡雖然面無表情，但內心卻有如一顆石頭重重地壓著，連呼吸都覺得有點困難。

這對任凡來說是多麼諷刺的事，為了拯救自己母親的靈魂，卻害艾蜜莉的媽媽被其他鬼魂抓走。

如今，命運將艾蜜莉帶到了自己的面前。

這到底是為了讓任凡贖罪，還是讓任凡在生命的最後仔細省思一下，自己這一生所作所為的是非對錯？

任凡可以清楚地感覺到，這就好像神的試煉，對自己人生進行了一場期末考一樣。

曾經，任凡認為就算再給自己一次機會，並且知道開門的後果是必須賠上自己的性命，他也會做出同樣的選擇，將那扇囚禁自己母親的門打開。

但面對艾蜜莉，任凡已經不再那麼肯定了。

「我想說的是，」艾蜜莉仰著頭說：「我一點也不怪你，因為我聽媽媽說過，你是為了要救自己的媽媽，跟現在的我一樣。」

「……謝謝。」任凡苦笑。

要感謝別人原諒一個嚴格說起來並不是自己的錯，對任凡來說，也算是一種全新的體驗，畢竟如果打從一開始就沒有那扇門的存在，這一切都不會發生。

「叔叔，你說你是黃泉委託人，」艾蜜莉一臉不解地說：「可是，你從以前就那麼遜嗎？」

前一秒還讓人感動，下一秒的話卻彷彿穿心劍般刺穿你的心，這正是兒童純真的地方，也是讓人難以招架之處。

「在媽媽被抓之前，」艾蜜莉將手指放在下巴說：「她跟我說了很多關於你的事，可是現在看到你，我覺得好像跟媽媽說的不一樣耶。」

「怎麼個不一樣法？」

「媽媽口中的你，好厲害的。」艾蜜莉揮舞著手說：「她說你沒有解決不了的委託，而且還打倒了凱撒大帝，解放了很多被折磨好久好久的鬼魂。可是現在看到你……」

「真是不好意思，」任凡板著臉說：「讓妳失望了。」

「沒關係啦，」艾蜜莉倒是落落大方地揮了揮手說：「雖然差點就輸掉了，不過你還是打倒盧卡斯了，我原諒你。」

艾蜜莉童言童語、人小鬼大的用自以為是應該的口氣，赦免了任凡的「罪過」，讓任凡哭笑不得。

「妳好像很容易原諒人喔？」

「沒有喔，」艾蜜莉嘟著嘴說：「我到現在還沒有原諒賽斯先生，他三年前踢了利迪亞一腳，我到現在都還在生他的氣。」

「賽斯先生？」

「他住在我們家斜對面，」艾蜜莉臭著臉說：「他對利迪亞好壞，只因為利迪亞摩擦了他的腳，他就踢利迪亞。」

任凡苦笑著。

如果讓這位賽斯先生知道，他因為一個動作，而被一個鬼魂怨恨三年，不知道會有什麼感想。

「妳現在有什麼打算？」任凡問艾蜜莉。

「我打算去普里瓦。」艾蜜莉回答得很乾脆。

「我也要去普里瓦。」

「叔叔，」艾蜜莉面露喜色說：「你要跟我一起去救我媽媽嗎？」

「不是，」任凡說：「是我以前有一個客人，把屬於我的報酬留在那裡，我現在要去收回。」

聽到任凡這麼說，艾蜜麗的臉立刻垮了下來，失望之情全寫在臉上。

「等我拿到東西之後，」任凡笑著說：「再跟妳去救妳媽媽。」

「真的嗎？」艾蜜莉張大雙眼興奮地說。

「放心，」任凡點點頭說：「我會幫妳把媽媽救出來的。」

「我相信你。」艾蜜利用力地點了點頭說：「不過叔叔你要答應我，如果你打不過，一定要跑喔，不要逞強，不然你會死掉的。」

「這算哪門子相信啊？」任凡皺著眉頭說：「妳到底懂不懂相信是什麼意思？」

艾蜜莉側著頭想了一會，似懂非懂地點了點頭答道：「應該懂吧？」

「好啦，」任凡揮手說：「把利迪亞帶著，我們走吧。」

艾蜜莉點點頭，走到利迪亞旁邊，把利迪亞抱起來。

「叔叔，」艾蜜莉轉過頭來說：「你上次跟我說過，黃泉委託人最討厭小孩子了。」

的確在兩人初次見面的時候，任凡是這麼對艾蜜莉說過。

「艾蜜莉也是小孩，你很討厭我嗎？」艾蜜莉垮著臉說。

「嗯，討厭。」任凡乾脆地回答。

「為什麼？」艾蜜莉皺著眉頭問。

「因為你們從來不會付我錢，」任凡聳了聳肩說：「老是讓我做虧本生意。」

說完後，任凡轉過頭來打趣地問：「妳有錢付我嗎？」

「沒有！」

「這就對啦。」任凡笑著說。

「等我賣掉火柴就有了！」艾蜜莉嘟著嘴不服氣地說。

「我都不知道妳的火柴到底是要賣給人還是鬼，」任凡搖搖頭說：「走吧，我們時間不多了。」

第5章・決死計畫

1

十二年前，台北。

一陣輕煙裊裊從香爐中飄升出來。

「快看！」一名中年婦人指著這陣輕煙急道：「你所有問題的答案都可以在這陣煙霧中看到解答！」

在中年婦人的一聲令下，兩名年輕男女瞪大雙眼拚了命地朝煙裡頭看。

即便煙霧刺眼，兩人連眼睛都不敢眨一下，死命地想要在這陣輕煙中，瞧出一點「答案」。

一旁的中年婦人看到兩人認真的模樣，不自覺地想笑。

雖然說，每個人看煙的模樣各有不同，但是就連她都鮮少看見如此認真的一對。

或許這就是所謂的天作之合吧。

這位中年婦女，因為總是用香爐來施法、算命，所以在江湖中有個名號，叫做爐婆。

看到兩人虔誠到彷彿雙眼都快要脫窗的模樣，爐婆知道這次肯定可以撈上一筆。接下來只要等兩人放棄，說自己看不到，爐婆就能把那一套搬出來。什麼看別人的命運會犯天條啦，或者是因為太耗功力，所以需要補品來調養身體之類的，這兩人肯定會乖乖掏錢的。

爐婆正慶幸著今天來個好客人，堆滿笑容靜靜地等著兩人放棄，坦承自己看不見之後，就可以好好來宰這兩隻肥羊了。

這時大門走進來一個身影，爐婆還心想今天生意怎麼會好成這樣，正在暗自竊喜著，豈料定睛一看，讓爐婆整個人一抖，臉上的笑容瞬間消失得無影無蹤。

這時坐在前面的那對男女，放棄地將頭抬起。

「有看到嗎？」女方問男方。

男方垮著臉搖了搖頭。

「不行，我們看不見。」女方嘟著嘴裝可愛地跟爐婆說。

「當然看不見了，」爐婆苦著臉說：「你們沒學過法術，怎麼看得見呢？不過今天爐婆我的狀況不好，所以我也看不見。」

想不到爐婆會這樣說，男方與女方都是一臉不解。

「好啦，好啦，」爐婆一臉痛苦地揮著手說：「爐婆還有客人要見，你們兩個先回去吧，等我身體狀況好一點之後，再跟你們連絡。」

兩人在爐婆的驅趕下，又是委屈又是不解地離開。

等到兩人離開後，爐婆將門帶上，轉過頭來對方才踏進門的客人點了點頭說：「好久不見了，師姐。」

來的不是別人，正是爐婆的師姐撚婆。

「不好意思喔，」撚婆說：「打擾妳做生意。」

「不，」爐婆趕忙搖著頭說：「哪裡會，我是做興趣的。今天是什麼風把您吹來了？」

「妳是哪個年代的人啊？」撚婆皺著眉頭說：「說話怎麼那麼彆扭？」

「哈哈，」爐婆乾笑兩聲說：「那是因為看到師姐妳，我會比較慌張一點，妳不知道，見到妳就好像見到我媽一樣。」

「我有那麼老嗎？」撚婆一臉不悅地說。

「不！」爐婆揮著手說：「不是年紀，是地位，德高望重。」

撚婆白了爐婆一眼，或許就是因為爐婆有時比較不穩重，才會讓她在多年以前，鑄下那起被逐出師門的大錯。

不過這些年來，除了當年的那件事情外，爐婆也不曾出過什麼紕漏。

如果不是當年被逐出師門，現在爐婆在師門中的地位肯定不低。

畢竟當年在撚婆的師門，有「三爺四婆」之稱的七位上等的法師，其中撚、杖、爐、珠等四婆裡，就屬爐婆的年紀最輕，入門修道的時間遠比其他人還晚，法力卻已經跟這些師兄姐不相上下。

可惜因為一起大事，讓爐婆被逐出師門，原本依照門規被逐出師門者，必須廢掉法術，但最後在撚婆的支持下，勉強讓爐婆保住法力，也讓爐婆被逐出師門後，可以靠這些法力混口飯吃，因此爐婆對撚婆的敬意自然不在話下。

撚婆將任凡為了茹茵離家出走的事，告訴了爐婆。

「哈，」爐婆拍著手笑道：「這小子的春天到啦。」

由於任凡從小就是跟著撚婆在道觀裡長大，所以爐婆這些人都是看著任凡一路成長。

「對，」撚婆白了爐婆一眼啐道：「妳是過來人，妳懂。」

「呃，師姐，往事就別提了。」

當年的爐婆，就是因為一段戀情，才會鑄下大錯，被逐出師門。

想不到這件事情會再度被撚婆提起，讓爐婆在內心臭罵了任凡一頓。

這臭小子，竟然這樣害她，多虧自己幫他保密了那麼多事情。

「那臭小子，」撚婆搖搖頭說：「在那些鬼魂裡，人緣比我還好，他走掉的事，竟然沒有任何鬼魂敢跟我說。就連我從眾多鬼魂中，幫他精心挑選出來，陪他從小一起長大的阿康，居然也跟那臭小子跑了，連跟我報告一聲都沒有，真是快把我氣死了。」

「師姐，別氣了，」爐婆安慰道：「我們進去用爐算一算，就可以找到那個臭小子現在的位置了。」

這正是撚婆來找爐婆的原因。

撚婆不是不會用法術找人，只是與爐婆比起來，精準度差了一大截。

要用法術找活人，最擅長的正是爐婆，只要有生辰八字加上名字，爐婆比天上飛來飛去的衛星還好用。

爐婆與撚婆到了內室，爐婆立刻用大香爐找尋任凡的蹤影。

誰知道一看不得了，任凡與阿康兩人，就坐在看起來像是公園的涼亭裡，桌上竟然放著一整疊的鈔票。

「哇靠！」爐婆驚呼：「這臭小子比我還會賺！」

爐婆將這件事情告訴了撚婆。

這些日子，撚婆也一直擔心任凡身上的錢會不會不夠用，因此在哪裡餓死了。

結果聽到爐婆這麼說，總之現在任凡不但安全，而且還有點錢。

雖然安心了一點，但卻讓撚婆擔心起另一件事情。

這小子該不會做了什麼不法的勾當吧？

因為擔心任凡誤入歧途，做出不法行為，所以撚婆要爐婆繼續看下去。

最後在折騰了一個下午之後，爐婆與撚婆終於知道任凡與阿康在搞什麼飛機了。

「替鬼辦事，收取酬勞」，這的確很像是那小子會做的事。

看到撚婆鐵青著臉，爐婆則是苦笑地搖了搖頭。

爐婆不知道任凡什麼時後才會回家，但爐婆非常確定，任凡這次回來，肯定會被撚婆足足扒掉兩層皮。

「好啦，」撚婆站起身來，「我走了。師妹妳好好保重。」

爐婆也站起身，送撚婆到門口。

「還有，」臨走前撚婆停下來比了比桌子對爐婆說：「做這種事情，小心點，偶爾也幫人家好好算一下，不然啊，總有一天妳會被警察找上門。」

「放心啦，」爐婆拍著胸脯說：「我跟條子無緣，任何條子遇到我，也算是他倒楣，我包他做不滿三年，這就叫做剋官運。」

只是，爐婆作夢也想不到，在十多年後的未來，她不但認識了一個警察，還因為任凡那臭小子的關係，歪打正著地成了那個警察的乾媽。

不過爐婆並沒說錯，她的確有「剋官運」。

因為那位可憐的乾兒子，真的在做了爐婆的乾兒子後，沒多久就離開了警界。

這些都是當時的爐婆始料未及的。

2

法國南部，阿爾代什省中的一座城市——普里瓦。

有了艾蜜莉的陪伴，旅程變得簡單許多。

沒有接受過任何盲人的訓練，任凡在小憐、小碧與馬可波羅離開後，生命簡直跌落到了谷底。

不但寸步難行，而且各種生活大小事，幾乎都無法自理。

艾蜜莉不管是生前還是死後，都沒有離開過巴黎，所以前往普里瓦對她來說，是一趟新鮮的挑戰與體驗。

艾蜜莉對事物充滿了好奇，對很多事情常常會提出與一般人不太一樣的「艾蜜莉觀點」，讓兩人的旅程增添不少樂趣。

旅途中，即便充當任凡雙眼的艾蜜莉是第一次遠行，但普里瓦再怎麼說還是在法國境內，因此出門最倚賴的語言和文字是完全沒有隔閡的。

在不知道路該怎麼走，該搭乘什麼交通工具的時候，艾蜜莉只要開口詢問一下附近的鬼魂，往往很快就可以得到答案。

或許是艾蜜莉的陪伴，讓任凡的心情輕鬆不少的緣故，一路上死神印記也只發作過一次，兩人就到達普里瓦。

但任凡沉重的心情，卻很難因為這樣而有所改變。

畢竟任凡非常明白這是場死亡之旅，差別只是死在誰的手裡。

是死神一二九？死神印記？還是死在那個擄走艾蜜莉母親的凶靈手上？

這樣的處境讓任凡想起當年與阿康兩人，剛打起黃泉委託人的名號時，那種夜宿街頭的日子。

兩人明天會到什麼地方，會接到什麼樣的委託，根本不可能預先料想得到。

這點跟現在的情況有異曲同工之妙。

兩人到了普里瓦之後，立刻前往骨董文物商所說的地點。

當年的那名骨董文物商是在一片山坡地上飲彈自盡。

至於那個被當成報酬的東西，骨董文物商在死前將它藏在附近一座像是公園或花園之類的園地裡，一尊雕像與後面石壁的夾縫之間。

任凡與艾蜜莉在半夜時進入園地，任凡將好奇的艾蜜莉與利迪亞趕到旁邊後，整個人就靠在雕像上，側著身一隻手勉強伸進雕像後面的夾縫，摸了好一陣子。

「叔叔，有找到嗎？」看任凡在那邊摸半天，艾蜜莉擔心地說：「你要不要跟我說你要找的是什麼，我來幫你拿，媽媽有教過我怎麼碰東西喔。」

「不行！」任凡果決地說：「這個東西妳不能碰……有了，我摸到了。」

任凡小心翼翼地將東西拿出來，艾蜜莉好奇地一看，那是一個手掌大，用一塊破爛的布包裹著的東西。

任凡拿出來後，小心地將布打開，露出了裡面的東西。

從觸感來說，那東西很小，表面很粗糙，與任凡想像的完全不一樣。

按理說，這東西不是應該很銳利嗎？

任凡感到有點失望，艾蜜莉湊上前看，怎麼看都覺得任凡手上的東西，只是一個長得有點怪異的石頭。

「妳看到什麼？」任凡晃了晃手上的東西問艾蜜莉說。

「就……一塊石頭。」

原本還以為是自己無法看見它而有所誤會，結果聽到艾蜜莉這麼說，任凡的心彷彿被綁上一顆石頭，沉入深不見底的大海中。

果然……不應該相信那傢伙的。

任凡在心中這麼想著。

在解決了骨董文物商的委託後，任凡好奇地問了一下。

「到底是什麼東西讓你傾家蕩產，最後還落得這樣的下場？」

「那個東西叫做『死神的小刀』，」骨董文物商苦笑著說：「相傳是可以對抗死神的東西。」

骨董文物商將他深信不疑的傳說故事，告訴了任凡。

故事大約是在一千多年前，有個失意潦倒的醉漢，聲稱自己見過死神。

死神告知醉漢因為他長期酗酒，生命大限將至，這話讓醉漢頓時嚇到酒都醒了。

醉漢認為自己還太年輕，不應該這樣就往生，所以與死神起了爭執，一陣混亂後，醉漢不但弄斷了一小截的鐮刀，還割下死神的一小塊披風。

死神對自己的鐮刀與披風，竟然會被人類損傷感到驚慌失措而亂了方寸，最後讓醉漢趁隙逃走了。

醉漢奔回自己常去的酒吧，將這個故事告訴了其他人，所有人都不相信他所說的話，認為那只是他喝醉後的胡言亂語。

大夥只把它當成了一個喝酒時的話題，沒有多加理會。

後來酒館裡發生了一起爭端，這名醉漢被無辜捲入，受了重傷，眼看應該是活不成了，但他卻仍能談笑風生，完全不在意足以致命的傷勢。

大家覺得非常詭異，後來想起他曾說過的話，眾人這才恍然大悟，相信這名醉漢真的見過死神，而且弄斷了死神的鐮刀與披風，所以死神不敢來收他的命。

這名骨董文物商，就是為了追求這個傳說中的「死神的小刀」，才會傾家蕩產。

「哈哈，不過啊，」骨董文物商為自己一生所追求的東西下了這樣的注解，「傳說終究只是傳說，每個得到它的買家，包括我在內，最後都沒有什麼好下場。而且，這個傳說的真偽也一直有爭議，所以才會賣不出去。」

「當然我得到的這個，是千真萬確的真貨，」骨董文物商接著自信地說：「這塊包著它的布，也是千真萬確的真貨。據說這塊布，就是被死神小刀割下來的死神披風。」

「所以，這真的對死神有效嗎？」

「我想傳說的故事，只是一種讓人津津樂道的話題吧？」骨董文物商苦笑著說：「不可能真的有人想跟死神對抗，畢竟那可是一個你這輩子最不想得罪的人啊，哈哈哈哈哈。」

在有了自殺念頭時，骨董文物商擔心如果繼承了這樣的骨董文物，可能會給家人帶來麻煩，但隨手丟掉又覺得終究是自己畢生心血捨不得，所以在自殺前，將它藏在附近園地的雕像後面。

最後骨董文物商把這個東西，當成報酬，將明確的地點告訴了任凡。

但當時的任凡覺得這東西在他生前就賣不掉，實在不能算是一個有價值的報酬，而且雖然骨董商口口聲聲保證絕對是真品，但任凡又怎麼知道他是如何鑑定那是真貨的。

也因為如此，任凡一直都沒有特地跑一趟來拿。

只是想不到當任凡被死神一二九標記後，第一個想到的就是這個東西。

是的，這就是任凡所選擇的第三條路。

他決定——殺了死神一二九。

只是在實際上拿到後，任凡很懷疑這東西真的是死神的小刀嗎？

怎麼摸都只像顆石頭，就連艾蜜莉也這麼說，還是說真的小刀已經被人盜走了？

就算它真的是死神的小刀，一時間任凡也不知道該怎麼使用，畢竟人生不是每樣東西都有使用說明書，很多東西還是需要摸索一下，尤其對現在看不見的任凡而言，更是難上加難。

不過這一切，暫時還不是任凡要煩惱的。

畢竟在跟死神一二九正式起衝突前，他要先完成自己對艾蜜莉的承諾。

一切都準備就緒，剩下的就要看勝利女神是站在哪一方了。

當然，任凡也非常清楚殺掉死神一二九之後，會有什麼下場。

一旦幹下這等大事，幾乎所有的地獄死神都會出動，只為了抓到他。

但任凡沒想那麼多，畢竟他自己心中有一把尺，衡量是非對錯。

他的想法非常簡單，像這樣隨隨便便不分青紅皂白，就捅人家一刀的傢伙，沒有當死神的資格。

這是任凡想要幹掉死神一二九，最充足的理由了。

3

該從哪裡開始找尋艾蜜莉的母親與那個叫做泰勒的鬼魂，過去的任凡有的是辦法。但現在的他卻連一枚從身上掉到地上的銅板，都得要摸上好一陣子才找得到。

雖然沒有頭緒，不過任凡相信，類似這樣的鬼魂，肯定不會太難找。

兩人先在普里瓦東方的小鎮稍作停留。

在路上，任凡也教了艾蜜莉一些基本的技巧，例如鬼遮眼之類的，讓兩人的旅程避開許多不必要的困擾。

任凡靠著艾蜜莉的掩護，混入一間旅館中，梳洗後，終於擺脫了這幾個月來的疲勞。

任凡也總算回復了過去的面貌，不再是一副流浪漢模樣。

艾蜜莉見到梳洗過後的任凡，簡直不敢相信這是同一個人，立刻改口叫任凡大哥哥。

第二天，任凡要艾蜜莉暫時先把利迪亞留在旅館旁邊附設的庭園，一入夜，兩人趕緊把握時間，在附近向鬼魂打聽看看有沒有泰勒的消息。

很快的，兩人就發現事情可能比想像中還要糟糕。

兩人找了幾群鬼魂的集聚地，試圖打聽一些關於泰勒的訊息，但眾鬼魂一聽到泰勒兩個字，每個都跑得比飛還要快。

「大哥哥，」艾蜜莉指著遠方一處田地叫道：「那邊還有一些鬼魂。」

任凡點了點頭說：「嗯，我知道。」

「咦？」艾蜜莉不解地說：「大哥哥你看得到啊？」

「不，」任凡搖搖頭說：「我感覺到的。」

有人說，長期處於雙眼看不見的情況之下，其他四感的感覺會提升，會有這樣的說法是因為我們極度依賴自己的雙眼，這種情況下，會讓其他感官的能力無法完全發揮。

至於對任凡來說，他倒沒覺得自己的其他四感有獲得提升，反而是對鬼魂的感覺，比以前還要強烈許多。

因此即便艾蜜莉指的那些鬼魂在距離幾百公尺遠的地方，任凡也感應得到。

艾蜜莉帶著任凡靠近那些鬼魂。

見到有活人前來，引起了鬼魂們的騷動，想不到這次兩人還沒開口，鬼魂就已經跑走了一大半。

最後，居然只剩下一個鬼魂還留在原地。

艾蜜莉看到這樣的情況，沮喪的模樣立刻浮現在臉上。

原本還以為這肯定又是一次讓人失望的詢問，想不到就在這時，那個沒有離開的鬼魂對兩人說：「是你們吧？那個到處打聽泰勒的傢伙。」

艾蜜莉抬起頭看著說話的鬼魂，那是個留著白鬍鬚的老人鬼魂。

「老先生，」艾蜜莉興奮地問：「你知道泰勒嗎？」

想不到老先生卻沉下臉來對兩人說：「你們實在不應該在這個地方大聲嚷嚷他的名字。」

艾蜜莉聽了，趕緊用手把嘴巴摀住。

「是的，」老先生點著頭說：「事實上，這裡的鬼魂都叫他獨耳泰勒。」

這一整晚下來，眼前的這位老先生是唯一一個，沒有在聽到泰勒這個名字之後就跑掉的鬼魂。

「你們找獨耳泰勒要幹嘛？」

「跟他要一個人。」任凡淡淡地說。

「泰勒抓了我媽媽，」艾蜜莉睜大雙眼補充道：「我們要去救她。」

老先生上下打量了一下艾蜜莉與任凡，過了一會之後才搖搖頭說：「那我給你們的建議就是以最快的速度離開這裡，然後永遠忘了這件事情。」

「這個就不用你操心了，」任凡說：「我們只希望你可以告訴我們，關於獨耳泰勒的事情。」

「獨耳泰勒，哼，」老先生不悅地哼了一聲說：「沒什麼好說的，不管是生前還是死後，都是一樣的嗜酒、殘暴、冷酷。」

老先生用手指向東北方的樹林說：「大約在一百多年前，在那個現在是樹林的地方，本來有一個很美麗的小鎮，也是獨耳泰勒出生的地方。」

艾蜜莉拉著任凡的左手，幫他指向東北方的森林，讓任凡知道老先生說的地方是哪裡。

「獨耳泰勒是樵夫的兒子，」老先生瞇著眼睛說：「從小跟著父親一起上山砍柴為生。他父親過世後，獨耳泰勒就獨自一人在靠山的小屋生活。正如你們所見，這裡窮鄉僻壤，居民也大多都以伐木為生。」

兩人靜靜地聽著老先生說話。

「獨耳泰勒的父親本來就很孤僻，」老先生繼續說：「這點在獨耳泰勒身上更是有過之而無不及，所以獨耳泰勒常常跟鎮上的人起衝突。加上他愛喝酒，因此鎮上的人都拿他沒有辦法。」

老先生說到這裡停頓了一下，然後雙肩顫抖笑著說：「只要一喝酒，他就像瘋了一樣，他之所以被人叫做獨耳泰勒，就是因為他在一次喝醉後，拿刀子割下了自己的一隻耳朵。」

艾蜜莉聽到這裡，嚇得用兩手摀著臉，實在很難想像一個人要瘋狂到什麼地步，才會用刀把自己的耳朵割下來。

「鎮上的人對獨耳泰勒的忍耐已經到了極限，」老先生說：「後來有一次他又在酒後跟鎮上一名男子起衝突，動手將那男人活活打死。居民們再也受不了，於是在鎮長的招集下，所有居民結合起來，商討要永遠擺脫獨耳泰勒。」

接下來的故事即使老先生沒說，任凡也大概猜到了。

然而對任凡來說，在意的不是他死前的人生，而是「死後的人生」。

「居民合力殺了獨耳泰勒，」老先生皺著眉頭說：「以為只要這樣就可以徹底擺脫獨耳泰勒，但獨耳泰勒死前，他怨恨地看著居民，發誓他一定會回來殺光鎮上所有的人。結果你猜怎麼樣？」

「他真的回來了。」任凡淡淡地說。

「嗯，」老先生無奈地點了點頭說：「是的，很不幸的獨耳泰勒回來了，變成厲鬼的他為小鎮帶來毀滅，殺光了所有居民。」

艾蜜莉一臉憂傷，似乎在同情那些早就死超過一百年以上的小鎮居民。

任凡知道，接下來才是重點。

「獨耳泰勒在死後能力比生前更加強大，」老先生說：「當年居民們做的決定，反而製造了一個能力強大的可怕怪物，這讓他們更加難以擺脫獨耳泰勒。獨耳泰勒成為了這地區的暴君，用武力統治著附近的鬼魂，一直到大約十年前為止。」

關於這點，任凡或多或少也猜到了。

「十年前發生什麼事情了嗎？」艾蜜莉眨著雙眼問道。

「一個比他更暴戾的暴君，」老先生笑著說：「把他抓走了。這是百年來，這個地區第一次獲得了平靜，當然後來的事情，你們說不定比我還清楚了。」

老先生說的不是別的，正是指黃泉委託人打開了潘朵拉之門，所以獨耳泰勒才會逃出來，回到這個地方。

「那麼他人現在在哪裡？」任凡問。

「不管是生前還是死後，」老先生用手指著東北方的樹林說：「他都在那個他長大的地方，繼續折磨著那些殺死他的居民們。」

老先生說完，臉上帶著些許的落寞。

「謝謝你。」任凡向艾蜜莉示意可以離開了。

「謝謝你喔，老先生。」艾蜜莉也跟老先生道謝。

任凡已經得到了足夠的情報，得知了獨耳泰勒的所在地，接下來就看有沒有辦法解決他了。

「加油吧，」老先生在任凡臨走前突然說：「黃泉委託人。」

「你認識我？」

「不認識，」老先生無奈地搖搖頭說：「像我們這種湊不出報酬來的鬼魂，根本就無緣認識你。」

「抱歉，」任凡面無表情地說：「我也是要吃飯的。」

「哈哈哈哈，」老先生揮揮手說：「別介意，雖然說我不知道你為什麼要對付獨耳泰勒，但是我很樂見有人可以對付他。」

任凡點點頭。

「希望你跟那個安東尼不一樣，」老先生也點了點頭說：「不是只把他抓去關起來，而是徹底把他送進地獄，因為那裡才是屬於他的地方。」

安東尼．德姆維爾，那個曾是全歐洲黃泉界最出名的人物，傳說中蒼穹之瞳的前代繼承人。

由於蒼穹之瞳的繼承，是看靈力的強弱而定。

為了確保蒼穹之瞳可以代代都由德姆維爾家族的人繼承，所以他們與滅龍會聯手，在世界各地獵殺那些具有強大靈力的人，其中包括任凡的母親——謝佳儀。

而除了人之外，由於蒼穹之瞳的能力一代不如一代，對鬼魂的控制力越來越薄弱，因此他們也必須設法獵捕靈力強大的鬼魂。

為了保護這些子孫，與確保蒼穹之瞳在黃泉界的地位，他們打造了西方黃泉界最惡名昭彰的潘朵拉之門，裡面關了許多靈力強大的鬼魂，其中包含了任凡的母親謝佳儀，當然也包括了這次的獨耳泰勒。

然而，獨耳泰勒的力量其實並不足以威脅到德姆維爾家族，在潘朵拉之門裡，獨耳泰勒更是卑微到只能瑟縮在角落的弱小鬼魂。

畢竟獨耳泰勒只不過是安東尼在路過這個小鎮時，被當成了伴手禮，順便帶回去關的一隻可憐蟲而已。

事實上靈力不夠強大的安東尼，必須靠著獵捕一些有點力量的凶靈，來證明自己的實力，以鞏固蒼穹之瞳的地位。

當然，安東尼會將獨耳泰勒抓走的另一個原因，並不是為了拯救小鎮居民，而是在尋找獵物時，意外發現獨耳泰勒似乎也有一點實力，害怕萬一哪天他變強大了，還是有可能會危及德姆維爾家族，因此才會將他抓走，關進了潘朵拉之門。

經過了十年，無論獨耳泰勒是否真的變成了足以讓蒼穹之瞳懼怕的對象，如今都是任凡勢必得要面對的了。

因為從老先生的話中，任凡確定了一件事，那就是獨耳泰勒正是從潘朵拉之門逃出來的惡靈之一。

雖然像獨耳泰勒這樣的惡靈，絕對不是任凡對付過最恐怖的凶靈，但現在的任凡，也不比過去的那個任凡了。

「接下來就要靠你們自己努力了，」老先生揮了揮手說：「別跟人家說，是我告訴你獨耳泰勒的事情喔。」

4

在得知獨耳泰勒的所在地後，任凡與艾蜜莉兩人循著老先生所指的方向，朝森林深處前進。

在獨耳泰勒的小鎮被滅鎮後，小鎮也跟著荒廢了。

對還活在人世間的人來說，獨耳泰勒的小鎮帶來的只有死亡與不祥。

整個小鎮的人在一夜間全死光，一度讓政府以為是黑死病之類的傳染病，便封鎖了小鎮。

這個小鎮則就此消失在人們的記憶中，也逐漸被森林吞沒，形成了森林的一部分。

兩人走在森林中，越接近森林的中心，那強大的怨氣與靈力就越強烈，任凡示意要艾蜜莉放慢腳步，緩緩地靠近。

即便雙眼看不見，在正式跟獨耳泰勒交鋒前，任凡還是希望可以先「觀察」一下。就算是過去雙眼明亮時，任凡也不會輕易在未知的情況下與對方交手，更何況是現在。

兩人小心翼翼地接近森林中央，終於在森林中找到了那條原本通往小鎮，如今卻被雜草掩蓋的道路。

找到了那條道路之後，一切就簡單多了。

兩人循著路，很快就找到了獨耳泰勒的根據地。

在這個被人世遺忘的樹林中，一個殘忍的帝國，正在此地重新上演著多年前的屠殺戲碼。

「出來！」

兩人還沒靠近，就聽到了獨耳泰勒的怒號。

任凡與艾蜜莉繞過小鎮，兩人在上坡處找到了一個可以鳥瞰整個小鎮的地點。

確定兩人藏身好之後，任凡要艾蜜莉盡可能壓低聲音，並且小心不要被其他鬼魂發現，然後將看到的情況小聲地告訴自己。

在兩人的藏身處下面，艾蜜莉終於看到了，那個傳說中的獨耳泰勒。

艾蜜莉緊張地抓著任凡的衣服，因為她從沒見過如此高大壯碩的男人。

不管在艾蜜莉生前還是死後，她看過最壯碩的人是以前自家對面那間雜貨店，被大家叫做壯漢海德的店員。

海德已經是艾蜜莉所見過最高大的男人，但跟獨耳泰勒相比，海德只能用嬌小來形容。

獨耳泰勒走在已經荒廢許久的建築物之中，許多鬼魂就站在一間間廢棄的建築物前，就好像古代君主出巡時，百姓們一個個列隊出來迎接一樣。

聽到艾蜜莉的敘述，任凡沉著臉搖了搖頭。

這不是一個好消息，雖然說類似的情況，任凡以前在台灣的幾個地方也曾經見過，甚至比這排場還要大的任凡也見過。

不過會出現這樣的景象，多半都是真正具有威力的鬼魂。

換句話說，這次兩人面對的，不再是盧卡斯那種只是兇狠一點的白靈，而是真真正正充滿威力的怨靈。

除此之外，這些擁有掌控力的鬼魂還有一個共通的特性，那就是他們還擁有思考的能力，不像是某些被怨恨佔據的鬼魂，腦海裡面只有殺。

「你們不是希望可以永遠擺脫我嗎？」獨耳泰勒叫道：「我就在這裡啊！來殺我啊！」

底下的獨耳泰勒正在重演著當年他返家復仇的場景，只見其中一個站在門前的居民，在獨耳泰勒飄到他面前時，害怕得宛如初次見到剛回來的他一樣，嚇得雙腳癱軟，倒在地上，不停地向獨耳泰勒求饒。

接下來獨耳泰勒對這個被嚇壞的居民所做的事情，讓艾蜜莉摀住了自己的雙眼，不忍目睹。

這是每天晚上都可能發生的場景，就看當晚獨耳泰勒的心情好不好，想不想大開殺戒了。

不過任凡非常清楚，像這種死後的情景，一旦開始，就一定得要等到獨耳泰勒殺光所有的居民之後，才會結束。

當年，居民們用斧頭從背後出其不意朝獨耳泰勒的後腦砍去，將他殺害，結果獨耳泰勒回來復仇，將他們全都殺光。

這是任凡透過艾蜜莉，從這場屠殺中得到的訊息，雖然任凡很懷疑，能不能夠真的找到當年那把殺了獨耳泰勒的斧頭，但是起碼他知道頭部跟斧頭，會是對付泰勒比較有效的方法。

人在死的那一瞬間，決定了自己成為鬼魂時的能力與弱點。

雖然任凡透過艾蜜莉，大致上了解了整個廢棄小鎮的地形與位置，但比起自己親眼看過一遍來說，透過艾蜜莉童言童語的形容，相差實在太遠了。

任凡很懷疑自己真的可以在這種情況下，與這樣的黑靈對決。

現在也只能走一步算一步了。

兩人躲在藏身處，靜靜等待這場屠殺悲劇結束，在這段時間裡面，任凡不停在腦海裡面想著對付獨耳泰勒的辦法。

可是如今一切都是如此困難，失去了雙眼對任凡來說，也失去了大半的作戰能力。腦海裡面閃過的作戰方法，都不適用於現在的他。

就在任凡苦思不出計畫時，一旁的艾蜜莉突然激動了起來。

「媽媽，」艾蜜莉對著任凡輕聲叫道：「是媽媽！」

底下的獨耳泰勒，開始了他帝國生活的另外一種面貌。

只見許許多多不是小鎮居民的鬼魂跟在獨耳泰勒的身邊，他們聽從獨耳泰勒的指示，開始毒打那些被重複殺害的居民鬼魂。

在這種時間與空間之中，這些被殺害的鬼魂，並不是真的死去，只是重複體驗著過去遭到殺害的死亡過程而已。

痛苦仍然存在，無法因死亡而獲得解脫。

在這些被命令去毒打小鎮居民的鬼魂裡，艾蜜莉的母親就是其中的一員。

在安東尼將獨耳泰勒抓到潘朵拉之門後，這附近出現了另外一個仗勢欺人的鬼魂，那個鬼魂正是盧卡斯。

而獨耳泰勒被放出來之後，盧卡斯那種軟弱無力的鬼魂，自然會被驅離。

為了保命，像盧卡斯這樣允諾送幾個鬼魂到獨耳泰勒手下的情況，過去任凡也看過類似的案例。

「為什麼？」艾蜜莉不解地問：「為什麼媽媽要這麼做？」

艾蜜莉不了解為什麼自己的媽媽貝拉要跟著大家一起毒打居民，任凡只能簡單地跟艾蜜莉解釋，她是不得已被獨耳泰勒控制的。

果然任凡話才剛說完，只見貝拉所屬的那一組，似乎毒打得不夠用力，引起了獨耳泰勒的注意。

獨耳泰勒靠近那一組，然後大腳一伸，朝貝拉的屁股狠狠地踹下去，貝拉也因此應聲而倒。

看到自己睽違已久的母親，已經讓艾蜜莉的情緒難以自已，眼下又看到媽媽被踢了一腳，艾蜜莉忍不住地叫了出來。

「不要！」

這一叫完全出乎任凡的意料之外，更傳到了下面的小鎮，所有鬼魂紛紛停了下來。

任凡無力地垂下了頭，因為這一叫他非常清楚，已經將自己與艾蜜莉推入了無底的深淵。

雖然艾蜜莉也驚覺，用力摀住了自己的嘴巴，但是為時已晚。

獨耳泰勒將頭緩緩地轉過來，雙眼直盯著任凡與艾蜜莉的藏身之所。

第6章・絕望之後的曙光

1

十二年前，屏東。

告別了黃伯之後，阿康與任凡算是正式開始了屬於兩人的「事業」。

每到一個地方，阿康就會四處去繞繞，跟附近的鬼魂打打招呼，順便招攬一下生意。

雖說，這是一筆絕對的藍海生意，完全沒有競爭對手，市場又是如此的廣大，幾乎所到之處，都不乏有生意上門。

但阿康與任凡兩個，充其量不過只是一個白靈與一個強大法師的養子，完全沒有真材實料。

成功解決委託的機率其實並不是很高。

為了快速擴大業務與名聲，阿康想了一個天才的方法。

他創立了一個跟自己敵對的公司，叫做「陰間徵信社」。

只要委託成功了，就要委託人幫忙宣傳一下黃泉委託人的名聲。

相反的，委託只要失敗，阿康搖身一變就成了陰間徵信社的員工，讓這間空殼公司去承受一切的臭名。

想不到這方法竟然出奇的有效，黃泉委託人這個名號簡直就好像成功完成委託的保證。這樣操作的結果，讓兩人的委託越接越多，生意越做越大。

從台灣各地前來想要委託的案件越來越多，兩人也不再過著流離顛沛的日子，反而必須像是在趕場作秀的明星一樣，四處奔波。

因為怕風聲會傳到撚婆耳中，任凡盡可能避開北部的生意。

然而，任凡不知道的是，其實他的一舉一動，撚婆終究還是透過爐婆知道了。

雖然任凡什麼都沒有說，而且開始幹起這個生意好像也是由阿康主導的，但阿康知道任凡也算是樂在其中。

畢竟阿康是任凡最要好的朋友，所以他非常清楚這一點。

阿康生前雖然有個看似健全的家庭，但由於父母只顧著忙於自己的事業，阿康根本沒有感受到多少家庭的溫暖。

而阿康的父母不但沒有真正關心過他，在經商失敗後，還擅自幫阿康決定他的命運，結束了他的一生，讓阿康不管是生前或死後，都覺得自己不被父母疼愛，簡直跟孤兒沒什麼兩樣。

也因為如此，阿康覺得自己跟任凡有種同病相憐的感覺，不是沒有父母，父母也不是刻意拋棄，但他們就像是孤兒一樣。

雖然任凡也算是從小就被父親遺棄，可是卻從來不覺得這是件不好的事。畢竟任凡這樣的命格與特殊的體質，或許在撚婆的照顧下成長，遠遠好過於繼續待在生父身邊。

對任凡來說，他有一項準則，如果可以的話，他希望永遠不要違背——別帶給別人困擾。就是希望自己不要成為別人的困擾，所以才不曾怪罪過自己的父親，因為隨著任凡越長越大，他也越來越了解，自己的存在會帶給父親多大的困擾。

現在，任凡也確實靠著自己與阿康兩人的力量，自力更生了，不帶給別人困擾，努力地靠自己活在這個世界上。

如今看到兩人現在的情況，不管是阿康還是任凡，都以為生活可以如此簡單，兩人可以靠這一行為生，一直到永遠，任誰也想不到，一股毀滅性的力量正逐漸靠近兩人。

2

艾蜜莉發出聲音後，畏縮地躲到了石頭後面。

現在的艾蜜莉只能祈禱雖然他們有聽見，卻找不到兩人躲藏的位置。

整個世界彷彿在艾蜜莉叫了一聲之後，就完全靜止了。

四周是一片寧靜，再也聽不到那些居民的哀號，與獨耳泰勒的斥責。

等了一會都沒有聽到下面的動靜，讓艾蜜莉忍不住悄悄地又從石頭後面探出頭，想看看到底發生什麼事情了。

艾蜜莉一探頭，就看到下面的小鎮所有人都靜止不動，只是靜靜地看著自己這個方向。

而那個最讓人恐懼的獨耳泰勒，卻早已經不知去向。

他跑到哪裡了？

艾蜜莉緊張地四處找尋著獨耳泰勒的蹤跡。

就在這個時候，身後傳來了一陣讓人不寒而慄的聲音。

「你們是誰？」

艾蜜莉猛一回頭，果然見到了那個龐然巨物——獨耳泰勒。

「啊——」

艾蜜莉尖叫。

不需要艾蜜莉多說，任凡也知道現在面對的是什麼情況了。

「看看這邊有什麼？」獨耳泰勒低著頭，摸著自己下巴的鬍子說：「一個瞎子跟一個小女孩。」

光是獨耳泰勒的體格，就已經足以讓艾蜜莉嚇到魂飛魄散。

艾蜜莉縮著身子，盡可能地靠近任凡。

「抱歉，」任凡若無其事地說：「我們迷路了，不知道該怎麼樣才能走出這片森林。」

「喔喔喔，」獨耳泰勒笑著說：「快來看啊，這裡有個可以跟鬼說話的瞎子，這可不是到處都能看到的。」

獨耳泰勒說完，任凡內心一凜，雙手向前一擋，果然與此同時，獨耳泰勒的腳一抬，猛力朝任凡踢了過來。

「沒有人可以愚弄我！」獨耳泰勒怒斥：「我是至高無上的獨耳泰勒！」

獨耳泰勒這一踢力道極猛，把任凡整個人踹到向後一飛，順著山坡一路滾了下去。

「大哥哥！」

一旁的艾蜜莉見狀，尖叫起來。

正想下去看看任凡的狀況，猛一轉身卻只見到自己整個人騰在空中，動彈不得。

艾蜜莉向上一看，只見一隻跟自己整個人體型差不多粗的手臂，正抓著她的頭髮，就這樣把她拎在空中。

「妳想去哪裡？」獨耳泰勒問道：「小姑娘？」

獨耳泰勒雙腳一振，高高地跳了起來。

任凡被獨耳泰勒踹飛後，一路沿著山坡滾到小鎮中，都沒能站起來，轟地一聲，獨耳泰勒拎著艾蜜莉，已經跳回小鎮。

「我再問一次，」獨耳泰勒沉著臉說：「你們是誰，到這裡來幹嘛？如果再愚弄我……我就不會再問你們了。」

任凡勉強地從地上爬起來，艾蜜莉的那一叫打亂了任凡的所有計畫，也讓兩人身陷無比的險境。

獨耳泰勒話才剛說完，身後傳來了一個女人的尖叫聲。

「不！艾蜜莉！」

「媽媽！」

艾蜜莉的媽媽貝拉看到了獨耳泰勒手上的小女孩，立刻認出那是自己擔心已久的女兒，忍不住叫了出來。

貝拉從後面跑出來，想要靠近艾蜜莉，獨耳泰勒一個轉身，將貝拉踹倒在地上，然後用腳踩著貝拉的頸子。

「不要！不要欺負我媽媽！」艾蜜莉在獨耳泰勒的手中不斷地掙扎叫道。

「原來是這麼一回事啊？」獨耳泰勒側著臉說：「你們是來找這小傢伙的母親啊？」

「不，只有她，」任凡揮了揮手說：「我是來看看你過得好不好的，畢竟我可是從那扇門將你們拯救出來的人啊。」

聽到任凡這麼說，獨耳泰勒挑眉地打量了任凡一會。

「喔，你就是那個……」獨耳泰勒彈著手指說：「那個叫什麼來著的……對了，黃泉委託人。就是你嗎？」

任凡攤開手，點了點頭。

「所以，」獨耳泰勒勾起一抹笑意說：「你到底來這裡幹什麼？這已經是我第三次問你這個問題了，如果是其他人，早就已經死了。」

任凡雖然表現得不慌不忙，跟獨耳泰勒對答如流，但內心的慌張程度已經到達了頂端。

此刻的任凡幾乎屈居於所有劣勢。

不要說雙眼看不到，目前還沒有任何可以對付獨耳泰勒的計畫，就連任凡平常用來保命的中指，也已經浪費在盧卡斯身上，現在仍是潰爛狀態。

而且不需要獨耳泰勒威脅，任凡也知道這個問題，打從一開始就是個死結。

不管自己的回答是什麼，獨耳泰勒都會大開殺戒。

「既然你已經決定好要怎麼做了，」任凡沉下了臉說：「那就來吧。」

這點，光是從獨耳泰勒不斷高漲的怨氣來說，就已經再明顯不過了。

「別擔心，」獨耳泰勒冷笑道：「看在你放我出來的分上，我會讓你死得痛快點。」

獨耳泰勒說完，將艾蜜莉往旁邊一扔，朝任凡撲了過去。

對獨耳泰勒來說，奴隸永遠都不夠多。

當時他之所以會放盧卡斯一條生路，是因為盧卡斯承諾過，每隔一段時間他就會送新的奴隸過來。

獨耳泰勒在那扇門後，度過了他不管是生前還是死後的人生中，最恐怖的一段時光。

比起那扇門裡面的其他鬼魂來說，獨耳泰勒只是個小到不行的小咖。

即便如此，他還是那扇門裡眾多惡鬼中的一員。

在那扇門裡的，可是每個都堪稱連「神」都懼怕的鬼魂。

任凡勉強躲過了獨耳泰勒的一擊，但整個人不穩地退了幾步，獨耳泰勒立刻又追上前去給予任凡另外一擊。

連續的攻擊下，任凡根本躲無可躲，被獨耳泰勒的重拳硬生生打中。

被打飛在空中的任凡把握住機會，一連用彈弓射出三發彈丸，但是獨耳泰勒的反應極快，早已低身躲開，並且朝正往地上墜落的任凡又重重地踹了一腳。

如果說對付盧卡斯是一碟小菜，那麼對付獨耳泰勒恐怕就是一客豪華的法式鵝肝大餐。

兩人有著完全不同的威力與怨氣，獨耳泰勒光是一拳，就可以抵過盧卡斯一整個晚上對任凡所造成的傷害。

大概就這樣了……

任凡心中比任何人都還要清楚，就算自己看得見，獨耳泰勒恐怕也不是那種可以輕鬆解決掉的傢伙。

任凡被獨耳泰勒的這一腳踹進了樹林中。

「快跑！」艾蜜利對著任凡大叫：「大哥哥，你答應過我的！快跑！」

獨耳泰勒聽到了，轉過頭瞪了艾蜜莉一眼。

就算艾蜜莉這麼叫，就算任凡真的這麼做，獨耳泰勒也知道，這件事情已經不可能發生了。

因為剛剛的連續攻擊，就算獨耳泰勒不是黑靈，就算他還是生前的獨耳泰勒，這幾下也夠把一個人的肋骨打斷好幾根。

即使任凡真的想要逃跑，恐怕也逃不遠。

獨耳泰勒瞪著艾蜜莉，此刻的艾蜜莉雖然感到無比的恐懼，但仍然扁著嘴回瞪獨耳泰勒。

對她來說，這個獨耳泰勒已經遠遠超過踢了利迪亞一腳的賽斯先生，成為艾蜜莉心中最痛恨的人了。

因為獨耳泰勒不但踢了艾蜜莉的媽媽，還傷害了她最喜歡的大哥哥。

這時其他鬼魂，突然騷動了起來。

獨耳泰勒轉過頭來，果然看到任凡拖著重傷的身體，緩緩地從樹林中走了出來。

「這就是你的全力了嗎？」任凡嘴角流著血，卻冷笑了一聲說：「天啊，感覺就好像，咳，蚊子叮一樣。」

聽到任凡這麼說，其他鬼魂都倒抽了一口氣，而獨耳泰勒的臉上，也頓時蒙上了一層濃到化不開的殺氣。

「用點力吧。」任凡有氣無力地說。

這男人到底是怎麼回事？

獨耳泰勒非常清楚，這絕對是任凡在逞強，畢竟如果他真的有一套的話，就不會讓事情演變成現在這樣的局面。

這點獨耳泰勒知道，任凡當然也知道，而且任凡應該也了解，獨耳泰勒不是那種你可以用嚇的就把他嚇跑的對象。

另一方面，即便只是初次見面，獨耳泰勒也認為膽敢挑戰自己的任凡，不應該只有這樣。他會逞強挑釁，應該是有原因才對。

對每個人而言，都有自己最在意的事情。

有些人在青春期最在意的是髮型，有些人則是最在意人家取笑他的身高。

對獨耳泰勒而言，他最在意的就是被人當傻瓜。

當年在酒吧，一個男人就是叫了獨耳泰勒呆瓜，才會被他活活打死。

「沒人可以愚弄我」，這是獨耳泰勒最常掛在嘴邊的話。

看看此刻的任凡，口中冒出鮮血，連站都站不穩了，但他的臉色卻是異常的堅定。

這讓獨耳泰勒覺得當中肯定有詐。

「來啊！」獨耳泰勒沒有反應，任凡更是大聲叫道：「殺了我，我就讓你知道，什麼叫做地獄！」

說到底，這是任凡的最終兵器。

體內靈魂本身就是黑靈的任凡，一旦被凶靈殺死，威力當然會更加強大。

既然事情已經走到這個地步，任凡也只剩下這個方法了。

反正自從被死神標記了之後，任凡就不認為自己還有好日子可過，但如果在這裡死了，還可以順便拖個人陪他一起下地獄。

或許，如果讓他有多點時間的話，一定可以想到更完美的解答。

但是眼前，他只剩下這個辦法了。

「沒有人可以愚弄我。」獨耳泰勒喃喃地說道。

不管任凡有什麼打算，獨耳泰勒都拒絕成為被他愚弄的對象。

這一次，獨耳泰勒會讓任凡的那張嘴，再也吐不出任何一句話來。

下定決心之後，獨耳泰勒身形一閃，朝任凡衝了過去。

與此同時，任凡臉色一僵，眉頭一皺，整個人突然跪倒在地上。

獨耳泰勒看到任凡突然跪下，立刻停了下來，他不明白任凡到底在搞什麼鬼、有什麼企圖。

只見任凡捧著肚子倒在地上，張大了嘴，一臉痛苦的模樣。

這是怎麼回事？

這傢伙是恐龍嗎？

怎麼會隔那麼久才感覺到痛？

獨耳泰勒靠近一看，瞬間明白了，原本的暴戾之氣頓時削減了不少。

「原來是這麼一回事啊，」獨耳泰勒笑了出來：「你之所以那麼不怕死，是因為你早就已經是死人了。」

獨耳泰勒指著任凡對著後面的鬼魂們叫道：「這男人已經被死神標記了！咗！逞什麼英雄啊！」

任凡抬起頭來，想要回嗆，可腹部的死神印記傳來劇痛，讓他開不了口。

「看來不需要我動手了，因為你已經被標記了。」獨耳泰勒冷笑道：「你只是一個奴隸，懂了嗎？你已經是死神的走狗了。」

任凡用盡了最後的力量，勉強地說：「殺了……我啊。」

說完之後，任凡再也撐不住，頭向下一點，暈了過去。

獨耳泰勒冷笑了一聲之後，轉過身去。

獨耳泰勒揮了揮手，所有鬼魂在泰勒的一聲令下，朝森林而去。

艾蜜莉也在其他鬼魂的押解下，被這群鬼魂一起帶走了。

整個鬼鎮，只剩下任凡一個人躺在地上，承受著死神印記的痛苦折磨，就連任凡自己都覺得，這將會是最後一次發作了。

3

事情就好像脫韁野馬一樣，完全出乎任凡的預料。

不只有艾蜜莉與獨耳泰勒的事情，就連來到歐洲尋找自己母親的事情也一樣。

一直到現在，任凡都不知道自己為什麼會突然失明。

一直到現在，任凡都不知道自己為什麼會被捲入這場風波中。

或許打開那扇該死的潘朵拉之門，可以稱為一個錯誤。

但他不懂的是，為什麼那扇門裡面會關著自己母親這樣無辜善良的靈魂。

雖然任凡實際上並不了解自己的生母，根本無從知道她是不是惡靈，但至少自己在黃泉界混了那麼久的時間，從來就沒聽說母親做過什麼壞事，而且事後在小憐、小碧的描述中，任凡也不認為自己的母親會是什麼兇惡的鬼魂。

如果這個世界上，真的有一扇門不分青紅皂白，隨便關押靈魂的話，或許本來就不應該讓它繼續存在。

他不懂，自己為什麼要為了這一切，揹上這樣的罪名。

沒有經過地獄的審判，又有誰可以將那些被關在潘朵拉之門裡面的鬼魂，定下任何罪名。

任凡緩緩地張開了雙眼，但世界仍然是一片漆黑。

這是任凡人生中最黑暗的時刻，也是最絕望的時分。

雖然暫時保住一條命，但連任凡自己都覺得，這一點也不算是好消息。

「喵——」

一個熟悉的聲音傳入了任凡的耳中。

任凡非常清楚那是利迪亞，艾蜜莉的貓。

這個熟悉的聲音也將任凡拉回了現實，然而，此刻對任凡來說，現實只有殘酷與絕望。此刻的他，不但完全沒有辦法對付獨耳泰勒，還讓艾蜜莉被他抓走了，情況實在是糟到不能再糟了。

任凡勉強撐起自己的身體，將頭轉向利迪亞的方向，另一個聲音卻從後面傳來。

「你真是個瘋狂的小子，你知道嗎？」

光是從聲音就可以知道，來的人是那位老先生，那位將獨耳泰勒的消息告訴自己的老先生。

「那是你的貓嗎？」老先生低頭看著靠在任凡身邊的利迪亞說道：「我很少看到動物可以化成靈體留在人世間的。」

「嗯，我也是。」

老先生聽到任凡這麼說，瞄了任凡一眼，覺得任凡既然是瞎子，想當然很少看到。

「你都看到了嗎？」看不到老先生反應的任凡問道：「昨天晚上的事情。」

「嗯，」老先生說：「在安全的距離外，看得一清二楚。」

任凡點了點頭，這是他早就料想到的。

從昨天老先生說話的語調，以及他對獨耳泰勒的了解，任凡非常清楚老先生應該跟小鎮脫不了關係，正是這種眷戀，最容易讓鬼魂不願離去。

這也是藍靈最明顯的特徵。

老先生搖搖頭說：「為什麼？我不理解，到底是為了什麼讓你連命都不要了？」

任凡苦笑地拉開自己的衣服，讓老先生看看自己腹部的那道黑痕。

「知道這是什麼嗎？」

「嗯，」老先生點了點頭說：「那是死神印記。」

「是的，所以我的命一點也不值錢，因為我已經是一隻腳踏進棺材的人了。」

「不，」老先生搖搖頭說：「不是這樣的。」

老先生也已經過世一百多年了，他非常清楚地知道，或許是本能的求生反應，人即便到了最絕望的時刻，也會為自己的生命，做出最後的掙扎。

打從一開始，他就不認為任凡需要這樣跟獨耳泰勒拚命，這種事情對任凡一點好處也沒有，他也不相信那個小女孩，能夠給任凡任何的報酬。

「我想，或許你也猜到了，」老先生垮著臉說：「我就是那個小鎮的鎮長，當年就是我招集所有人，殺了獨耳泰勒的。」

任凡點點頭。

「當時我想得很清楚，」老先生瞇著眼說：「一旦國家政府的人知道，我也會承擔一切的罪行，不管怎樣，我都要讓這個小鎮的人，永遠擺脫獨耳泰勒的荼毒。」

當年的情景，就好像昨天才剛發生的一樣，清晰地浮現在老人眼前。

「大夥聽了我的意見，」老先生情緒有點激動地說：「當晚就集合起來，與獨耳泰勒在他家前面吵起來。就這樣，一個叫戴爾的樵夫，趁獨耳泰勒跟我爭執時，從後面用斧頭一把劈下去，結束了獨耳泰勒霸道的一生。」

老先生停頓了一下。

「就這樣，」老先生苦笑說：「我們真的覺得我們的苦痛結束了，誰知道，這卻是永恆惡夢的開始。」

任凡靜靜地聆聽著。

「我很幸運，」老先生抿著嘴一臉哀傷地說：「我在獨耳泰勒回來找大家報仇之前就往生了，但其他人卻成了他永遠的奴隸，受盡他百年的折磨。」

老先生說到後面哽咽了起來。

的確，這一百年來，不知道有多少個夜晚，老先生親眼看著自己小鎮裡的居民，被獨耳泰勒一次又一次的殘殺。

「我原本還以為，」老先生哭著說：「安東尼抓了獨耳泰勒，這一切就會改變。但是沒有，他們還是每晚、每晚，站在家門前等待著獨耳泰勒。就是在那時候我才知道，只要獨耳泰勒一天不下地獄，他們的苦痛將永遠不會結束。」

老先生說到這裡，崩潰地痛哭起來。

即使老先生不說，任凡也早就猜到了，這些被獨耳泰勒復仇殺害的居民，因為變成了地縛靈，所以根本無法逃離這個地方。

他們只能每天準時在自己被殺的時間與地點出現，等著被獨耳泰勒再殺一次。

就算獨耳泰勒被安東尼抓進潘朵拉之門，小鎮居民們依然無法脫離準時出現，並且等待被殺的無限輪迴。

唯一的差別就只有那段日子獨耳泰勒並不會來殺他們，他們只是抱著擔心害怕的感覺在空等罷了。

而要獲得真正的解脫只有一個辦法，那就是讓獨耳泰勒從他們的世界消失，也正是老先生領悟到的，讓獨耳泰勒到地獄接受審判，重新回到輪迴之路。

對老先生來說，每天晚上就只能看著自己的鄰里被獨耳泰勒虐殺，自己卻無能為力。

獨耳泰勒砍在居民身上的每一刀，居民所承受的每一分痛楚，都彷彿身歷其境般，也在老先生心上劃了一刀。

曾經，老先生也聽過在歐洲有這麼一個活人，專門接受鬼魂的委託，幫他們處理事情，叫做黃泉委託人。

老先生當真想過，要去求那個黃泉委託人，但他連一點報酬都湊不出來。

他的所有親朋好友都在小鎮裡，跟著小鎮一起被毀滅。

但老天卻在這個時候，這種絕望的時刻，給了他一絲曙光。

那個傳說中的黃泉委託人，就這樣躺在他的面前。

「我沒有任何報酬可以給你，」老先生對任凡說：「我也沒有任何立場可以要求你，不過如果你想要對付獨耳泰勒，算我一份，讓我可以為我的鄰里做點事，這是我欠他們的。」

任凡苦笑。

對他來說，現在該怎麼對付獨耳泰勒，他一點頭緒也沒有。

任凡將自己隨身揹著的袋子，繞到前面。

他在袋子裡面摸索著，畢竟裡面裝了很多東西，有時候連他自己都忘了裡面到底有哪些東西。

然後，任凡碰到了那個東西，那個被繩索纏著的東西。

一個新的作戰計畫浮現在任凡的腦海中。

是的，如果是這個的話，或許真的可以對付得了獨耳泰勒也說不定。

「有件事情，」任凡對老先生說：「或許你真的可以幫上忙。」

「什麼？」

「我需要練習，」任凡說：「我很久沒用過那個東西了，需要一點時間來練習，你應該可以幫上我的忙。」

「怎麼幫？」

「等等我會跟你解釋的，」任凡站起身來說：「我們必須要快點，今天晚上就是我們跟獨耳泰勒對決的時候。」

聽到任凡這麼說，老先生驚訝地瞪著任凡。

「可是你身上的傷……」老先生說：「至少要花個幾天讓它回復吧。」

「你忘了嗎？」任凡比了比自己的腹部說：「我沒什麼時間了。」

關於這點老先生當然沒有忘記，只是他想不到任凡會為了一個跟自己沒有半點關係的小鎮，拚到這種地步。

「到底是什麼，」老先生一臉疑惑地問道：「讓你那麼拚命？」

「我也許活不久了，」任凡苦笑地說：「我也許無法讓世間所有事情，都如我所願的那樣，但至少我很盡力，不讓自己成為別人的困擾。」

這時從東方，出現了黎明的第一道曙光。

「這是我一生，」任凡說：「盡力去做到的事。雖然我先前不知道潘朵拉之門是什麼，但如果獨耳泰勒真的是因為我才能繼續這樣的暴行，那麼我一定會終結他，這就是我的信念。」

第7章・被封印的兵器

1

十年前，台北。

一場突如其來的大雨，讓整個山區都籠罩在雷雨交加的天氣中。

撚婆看著窗外，想著那個臭小子現在又不知道在哪裡野了。

撚婆一直到現在都還是無法相信，這臭小子竟然敢做這樣的生意，等他回來，肯定要好好揍他一頓。

至於現在，撚婆只希望那個她心中的臭小子可以平安無事。

「乾媽……」

在一陣陣激烈的風雨聲中，強烈的思念讓撚婆覺得彷彿那臭小子真的在喚著自己一樣。

撚婆苦笑。

連她自己都沒想到，這臭小子真的會像自己的親生兒子一樣，讓她如此牽掛。

當年，在收任凡為乾兒子時，撚婆只是不願意見死不救。

一來跟任凡有緣，二來除了自己之外，撚婆很懷疑這世間能不能找到另一個人，可以不受到任凡那恐怖命格的影響。

一直以來，撚婆都把這一切當成一種宿命來看，卻想不到今天會想念任凡到連在這陣風雨之中，都好像真的聽到任凡在呼喚自己。

「乾媽……」

再一次聽到風雨中彷彿夾雜著任凡的聲音，讓撚婆皺了一下眉頭。

「這是什麼妖風啊？」撚婆啐道：「吹得跟真的人在講話一樣。」

撚婆站起身，準備關上窗，進去內室睡覺。

「乾媽！」

這次撚婆真的清楚地聽到了任凡的聲音，都已經這麼清楚了，不可能是自己聽錯了吧？

撚婆瞇著眼睛，努力看著窗外大雨滂沱的景象。

滂沱大雨中，似乎真的有個人影從遠處正慢慢地靠近中。

「乾媽！」任凡的聲音再次傳到撚婆的耳中。

撚婆看到了那個彷彿是任凡的身影，臉上立刻浮現出笑容，但轉瞬間，那原本上揚的嘴角，立刻向下垂落。

這臭小子終於知道回來了。

雖然撚婆見到任凡回來，內心非常開心，但撚婆也早就計畫好任凡回來之後，要好好地教訓他一頓，所以臉上立刻擺出氣沖沖的模樣。

撚婆走到大門前，在門後偷笑了一下後，臉上立刻擺出怒火中燒的模樣，用力地打開大門。

「臭小子！」撚婆斥道：「知道要回來了嗎？」

任凡果真就站在門外，全身都濕透了。

「快進來！讓我好好扁你一頓！」撚婆叫道：「還愣在那邊幹嘛？想搏取同情嗎？」

聽到撚婆這麼說，任凡不但沒有踏進門內，反而突然緩緩地跪在地上。

「你在幹嘛？」撚婆不解地叫道：「我還沒開扁耶！」

「對不起……」任凡哽咽地說：「乾媽，我搞砸了。」

聽到任凡這麼說，撚婆這才發現，任凡的雙眼通紅，臉上滿滿的除了雨水之外，還有淚水。

撚婆從來不曾見過這樣的任凡，他知道肯定出了事。

「阿康呢？」此刻撚婆的臉色已經沒有那裝出來氣沖沖的模樣，反而是一臉擔心地問：「怎麼他沒跟你一起回來？」

「阿康……」任凡哽咽地說：「……死了。」

撚婆這才明白為什麼任凡會這麼悲慟了，因為阿康是任凡最要好的朋友，所以任凡才如此這般失魂落魄。

但阿康是撚婆挑選過的鬼魂，除了情緒穩定、心地善良之外，能力也不差，如果阿康都這樣被殺了，那麼任凡與阿康兩人，肯定是惹到什麼牛鬼蛇神了。

「先進來，」撚婆拍了拍任凡的肩膀說：「先進來再說。」

人一生總會有些過錯，會讓自己自責一輩子。

對任凡來說，阿康的死是自己永遠無法釋懷的過錯。

兩人隨便在黃泉界做生意，卻沒有真材實料，導致兩人身陷險境。

或許像是一些找找人或傳達訊息之類的委託沒什麼大礙，但一旦事情扯到了怨靈，情況就遠遠超過兩人所能處理的範圍了。

回到撚婆的身邊後，任凡被痛苦與恨意折磨，於是開始一連串斬妖除魔的日子。

當然，在黃泉委託人真正在黃泉界打響名號前，任凡也因為這趟旅程，有了完全不同的名號，他被人稱為「怨靈獵人」。

這一切，只為了彌補自己過去曾經犯下的一個大錯，一個讓自己畢生好友阿康死於非命的過錯。

而在那之後，任凡用來行走於黃泉界的名號，就是阿康最喜歡的稱號——「黃泉委託人」。

2

是夜。

昨晚發生的一切，就好像沒有發生過一樣。

在這座森林中的廢棄小鎮，居民們又開始了他們痛苦的輪迴。

雖然獨耳泰勒對今天搜山之後，沒有看到任凡的屍體感到有點失望，但從他昨天的傷勢與身上的死神印記看起來，任凡根本不會是他需要擔心的問題。

今天他感覺渾身是勁，可以好好地享受今晚的屠殺。

這是一場輪迴，這些鬼魂們在這段時間，這個地方被殺害，就好像當年發生的一樣，這些鬼魂並不會真的死去，但當時的痛苦與恐懼，卻得要重複一直體會。

每晚，獨耳泰勒都會先從一些比較無關痛癢的居民開始，但今天，他想要倒過來，從那個人開始。

如果要說獨耳泰勒有什麼遺憾，那就是鎮長那個老頭沒能撐到自己回來就往生了，讓他躲過這場輪迴。

而除了鎮長外，整個小鎮裡獨耳泰勒最痛恨的就是眼前這傢伙。

獨耳泰勒緩緩地走到那個人的面前，他跟自己沒什麼兩樣，有著樵夫的身材，卻擁有獨耳泰勒所沒有的一切。

最終也是這個男人，終結自己的人生。

這個男人就是樵夫戴爾，一個在小鎮中受人愛戴的男人。

獨耳泰勒一向都把他留到最後，因為只有屠殺他過程，才能夠讓獨耳泰勒獲得真正的滿足。

潘朵拉之門的背後，是個任何人都難以想像的人間煉獄，裡面的怨靈除了得要承受痛苦外，還會彼此互相惡鬥。

雖然獨耳泰勒沒有下過地獄，但他相信就算是地獄也不過爾爾。

那時候，他所渴望的，就是有朝一日可以從那扇門後面逃出來，繼續每晚劈著戴爾腦袋的美好時光。

對獨耳泰勒來說，這是支撐他熬過一切的精神糧食。

獨耳泰勒揮了揮手，要所有鬼魂安靜，這個美好的時刻，他要好好地品嚐。

他不允許任何人在這種時刻打斷他，他緊緊盯著戴爾的臉，靜靜地準備享受接下來將會發生的事情。

獨耳泰勒知道，戴爾首先會宛如作了一場白日夢般醒過來，然後記憶帶他回到那段他自以為已經殺了泰勒的時間。

但戴爾會看到獨耳泰勒，然後臉上露出疑惑與恐懼，接下來就是等著獨耳泰勒將斧頭重新劈回他的腦袋，讓他好好品嚐腦袋被人劈開的痛苦。

戴爾的眼皮開始不斷顫動，這讓獨耳泰勒知道，他就快要醒來了。

果然過沒多久，戴爾搖了搖頭，彷彿從一場睡夢中醒過來。

戴爾看著獨耳泰勒，先是皺了皺眉頭，然後恐懼逐漸浮現在戴爾的臉。

「為什麼？」戴爾指著獨耳泰勒說：「你怎麼會……為什麼……不可能，我明明……」

「對，」獨耳泰勒笑著說：「你的確把斧頭劈入我的腦袋中，現在我回來了，換我把斧頭劈入你的腦袋裡了。」

戴爾雙腳癱軟，整個人坐倒在地上。

獨耳泰勒高高舉起自己手上的斧頭，對準了戴爾的頭，正準備狠狠地劈下去。

「獨耳泰勒！」

一陣吼聲劃破了寂靜的夜，打斷了獨耳泰勒最美妙的時刻。

「啊——」

獨耳泰勒一聲怒吼，將斧頭狠狠地劈下去，只是斧頭沒有劈入戴爾的頭，而是深深砍進戴爾旁邊的土壤中。

獨耳泰勒狠狠地轉過頭來，他非常清楚這個聲音的主人是誰。

果然，就在昨天同樣的藏身處，一個男人直挺挺地站在那裡。

站在眾鬼魂中的艾蜜莉，看到了男人，興奮地叫道：「大哥哥！」

是的，站在那裡的不是別人，正是那個昨天才被獨耳泰勒打到半死的黃泉委託人謝任凡。

3

想不到，黃泉委託人真的又回來了。

「我實在不得不說，」獨耳泰勒瞪著任凡說：「你就像一場揮不去的惡夢般，糾纏不休。」

雖然艾蜜莉很高興任凡還活著，而且甚至回來想要救她們母女，但一想到任凡那遜咖的能力，立刻又讓艾蜜莉愁容滿面。

「為什麼還要回來？」艾蜜莉扁著嘴輕聲地說：「不是答應過我，打不過會跑的嗎？大哥哥都騙人。」

幾乎所有的鬼魂此刻都看著任凡，不只有獨耳泰勒，就連在場的所有鬼魂都知道，這個男人除了像打不死的蟑螂之外，對上獨耳泰勒根本就沒有半點勝算。

既然如此的話，為什麼他還要回來？

「獨耳泰勒！」彷彿在回應所有鬼魂心中的疑惑般，任凡對著獨耳泰勒叫道：「過來受死吧！這一次，我會送你到地獄，那裡才是真正屬於你的地方。」

「哼，就憑你？」獨耳泰勒冷笑道：「這一次我不管你是不是死神的人了，我會殺了你，純粹是樂趣。」

「那就來吧，」任凡說：「你還在等什麼？」

獨耳泰勒這輩子看過那麼多人，但從來沒見過任何一個像任凡那麼囂張的人。

偏偏他卻是如此的不堪，只是一個嘴砲男而已，起碼就獨耳泰勒的感覺是如此，畢竟任凡在歐洲打響黃泉委託人名號的時候，當時還被關在潘朵拉之門裡的獨耳泰勒，根本沒聽說過關於任凡的傳聞。

這一次，獨耳泰勒不只要把任凡那張臭嘴掰下來，還要讓他知道，死亡比他想像的還要恐怖，不，他甚至希望可以一起把他帶進這小鎮的輪迴，讓他跟大家一樣，每天在這裡讓自己好好地屠殺一番。

獨耳泰勒身形一閃，瞬間躍到任凡身後，瞎了眼的任凡根本不可能反應得過來。
只見獨耳泰勒單腳一抬，就跟昨天一模一樣，輕易地就把任凡踹到小鎮裡面。
他要在鎮上殺了他，希望這樣可以讓他永遠留在小鎮裡。
想不到任凡比昨天還要糟糕，竟然連閃都沒有閃，就這樣被踹到飛了下來，艾蜜莉不禁叫了出來。
「不要！」
看到這裡，就連獨耳泰勒都不禁懷疑昨天任凡是不是也在這邊死去了。
然後跟這些人一樣，重複著永恆的輪迴。
不管是不是這樣，獨耳泰勒都不打算放過任凡。
他雙腳一蹬，就像昨天一樣，跳回小鎮，再度站在任凡的面前。
「如何？」獨耳泰勒低頭看著地上的任凡說：「不是說要送我回地獄嗎？」
獨耳泰勒說完，狠狠地踢著倒在地上的任凡。
但地上的任凡就好像打了什麼不知道痛的殭屍針，一邊被踢還一邊回嗆。
「你就只有這麼一點力道嗎？」地上的任凡叫道：「怎麼踢起人來那麼沒力？」
任凡的諷刺讓獨耳泰勒更加火大，腳上的力道不斷地加重，但任凡就好像沒有痛覺神經一樣，仍然繼續嚷嚷著。

獨耳泰勒再也忍不住，彎下腰來一把抓起任凡。

看到任凡被獨耳泰勒抓起來，艾蜜莉衝了出去，但馬上就被一旁的鬼魂攔住。

不管怎麼說，這邊的鬼魂都是被抓來或送來的奴隸，並不是本身就充滿暴戾之氣的鬼魂。

因此大家都不願意再看到有人被獨耳泰勒所殺，才會阻止與自己毫不相關的艾蜜莉衝過去白白犧牲。

至於艾蜜莉的母親貝拉則是被隔在另外一邊，即便兩人都被獨耳泰勒控制，但母女倆還沒有機會好好說上幾句話，更何況是讓貝拉再次抱抱這個可愛的女兒。

「再說一句試試看！」獨耳泰勒猙獰地說。

任凡也不辜負獨耳泰勒所言，張開了嘴，完全不當一回事，繼續大聲地說：「我說你……」

任凡才剛開口，獨耳泰勒的另外一隻手就彷彿刺刀般，狠狠刺向任凡的胸膛。

這一刺用盡了獨耳泰勒的力量，力道之大，立刻刺穿任凡的胸膛，一隻手掌就這樣穿過任凡的胸口，從背後刺了出來。

「死吧，」獨耳泰勒咬牙切齒地說：「你這個該死的傢伙。」

時間彷彿就在這一秒鐘停住了，除了艾蜜莉之外，所有人都知道會是這樣的結局，只是時間早晚的問題而已。

但真正看到任凡被獨耳泰勒一手刺穿胸膛的瞬間，還是讓所有鬼魂都縮成一團，不忍目睹。

世界是一片寧靜，就好像所有人都在哀悼著任凡的死去。

「這是怎麼回事！」

獨耳泰勒的怒斥劃破了這股沉靜，他不解地看著自己的雙手。

一切都發生在獨耳泰勒的怒斥之後，所有鬼魂雖然眼睜睜地看著這一切，卻沒有半個鬼魂知道到底發生了什麼事情。

只見獨耳泰勒一臉狐疑，雙眼緊緊盯著自己手上的「東西」。

原本那應該是任凡的屍體，但不知道為什麼，此刻在獨耳泰勒手上的，竟然只是一個娃娃。

這時一陣奇怪的聲響傳入所有人的耳中。

「嗡嗡嗡嗡嗡嗡——」

眾鬼都還沒有搞清楚到底這聲音從何而來，就聽見獨耳泰勒哀號了一聲，大家定睛一看，只見獨耳泰勒的頭上，竟然有個詭異的三角錐，在他的頭頂不停地打轉。

「中了！」森林中傳來一個老先生興奮地叫聲，「中了！」

眾鬼完全不知道到底發生了什麼事，只看著站在那裡的獨耳泰勒，顫抖地不停揮舞著雙手，就好像雙腳被人定住了一樣。

原來這一切都在任凡的計算之中。

任凡利用替身娃娃，欺騙了獨耳泰勒。

獨耳泰勒因為替身娃娃的法力，將替身娃娃當成了任凡。

昨天跟獨耳泰勒交手後，任凡發現獨耳泰勒喜歡肉搏戰，習慣用自己強壯的肉體來解決一切問題的他，下最後殺手的時候，一定會先抓住自己。

任凡便是利用這一點，鎖定了獨耳泰勒的位置。

接下來就是那個被任凡封印起來的兵器，也正是任凡今天一整天跟老先生在樹林裡練習的東西。

對華人來說，那是一種古老的玩具，一種大家一點也不陌生的玩具，卻被一位法師拿來當成法器，那位法師正是與撚婆等人並稱為「三爺四婆」中的千爺。

而這個東西，正是以前被稱為千千，現在則稱之為陀螺的東西。

這個定身陀螺，是千爺送給任凡的東西，但這些年來，任凡早就已經不用了。

以前千爺在教任凡時，就曾經教過他盲擲，在完全看不見東西的情況下，利用聲音與陀螺的特性來定住鬼魂。

所以任凡在撚婆給的替身娃娃上綁了一條定身陀螺專用的法線，當獨耳泰勒刺穿娃娃心臟時，任凡就將握在手中、連接娃娃的法線拉緊，接著任凡只要可以將陀螺打到線上，陀螺就會自己靠著自身的法力遊走在那條法線上。

在那之後，陀螺就會像追蹤飛彈般，自動順著線找上獨耳泰勒，只要法器陀螺一接觸到獨耳泰勒，便會自動跳到他頭上，將他定在原地。

當看到了陀螺準確地定住了獨耳泰勒時，與任凡一起躲在一旁樹林的老先生立刻對任凡叫道：「中了！中了！」

在一旁當任凡雙眼的老先生，興奮地告訴任凡：「那個轉圈圈的東西真的定住了獨耳泰勒。」

任凡點點頭，從後面的口袋拿出彈弓，既然目標已經被定住了，要讓彈弓命中目標就容易多了。

此時，就連任凡都認為，這將是一場漂亮的勝利。

但下一秒，一場無法挽回的悲劇，竟然就這樣發生了。

這遠超過了任凡以及在場任何一個鬼魂的想像。

4

這場決鬥就在眾鬼魂目眩神迷的情況下，有了如此出乎意料的發展。

然而就在這個時候，一個悲劇正逐漸揭開了它的序幕。

眼看任凡跟昨天一樣，不但被獨耳泰勒痛扁，毫無反抗之力，而且還被獨耳泰勒抓起來，刺穿了心臟。

一旁的艾蜜莉親眼目睹了任凡的心臟被刺穿，嚇到叫了出來。

她死命掙扎擺脫了旁邊抓住她的鬼魂，朝獨耳泰勒的方向衝過去。

就連獨耳泰勒本身與眾鬼都還搞不清楚到底發生了什麼事，過度驚慌的艾蜜莉，更不可能知道現在究竟是什麼情況。

她完全不知道任凡的計畫，更不知道此刻定身陀螺已經準確地定住了獨耳泰勒。

她只知道那個救過她一命，還陪她一路來到這邊救媽媽，那個她最喜歡的大哥哥，就這樣死在獨耳泰勒的手上了。

艾蜜莉衝到獨耳泰勒的身邊，就在這個時候，她才看清楚獨耳泰勒手上的東西，並不是任凡。

艾蜜莉完全愣住了，因為她明明看到任凡被獨耳泰勒殺了，為什麼會變成一個像是娃娃的東西。

而站在那邊不停掙扎的獨耳泰勒，雖然被任凡定住了腳，但雙手仍然可以揮舞。

他原本想要將那個在自己頭上不停轉動的玩意撥掉，可是當自己的雙手一碰到陀螺，就隨即被陀螺的法力彈開。

獨耳泰勒又氣又急，卻也無能為力。

就在這個時候，一個身影閃到了他身邊，他定睛一看，來的不是別人，正是昨天才抓到，跟著任凡的艾蜜莉。

獨耳泰勒毫不猶豫，一把拎住了艾蜜莉。

現在的獨耳泰勒已經抓了狂，既然被定住身殺不了任凡，那就殺這個囉哩叭唆的小鬼來陪葬吧。

眼睛看不見的任凡根本不知道遠處發生了什麼事情，正拿起彈弓準備給獨耳泰勒致命一擊。

但任凡的彈弓才剛拿起來，獨耳泰勒的拳頭已經朝艾蜜莉揮了過去。

一切發生得如此之快，情況也超乎任凡的想像，在場所有鬼魂都只能靜靜地看著這場悲劇發生，除了一個鬼魂之外。

早在看到自己的女兒艾蜜莉衝出去時，貝拉就再也忍不住了。

艾蜜莉一衝出去，貝拉也立刻衝了過去，但還來不及阻止艾蜜莉，就看到艾蜜莉被獨耳泰勒抓起來。

當獨耳泰勒揮拳打向艾蜜莉時，貝拉不管三七二十一衝過去抱住了自己心愛的女兒。

獨耳泰勒拚上老命的這一擊，雖然沒有打中自己原先的目標艾蜜莉，卻打到了衝上前要保護愛女的貝拉。

貝拉被這一陣猛擊打中了頭部，但愛女心切的她，緊緊地抱住了艾蜜莉，在被擊飛的同時，也將艾蜜莉一起帶離了獨耳泰勒的掌控。

兩人飛了出去，一連滾了好幾圈才停下來。

艾蜜莉在地上掙扎了一會才重新站起來，但貝拉卻是連動都沒有動。

「媽媽！」艾蜜莉撲向貝拉叫道。

躺在地上的貝拉，被獨耳泰勒的這一拳打到渾身癱軟，但聽到艾蜜莉的叫聲，她還是面帶微笑，勉強轉過來看著艾蜜莉。

貝拉的身上不停地散發出白色的氣體，這是靈體即將死去的徵兆。

剛剛獨耳泰勒的那一擊，已經徹底傷了貝拉的元神，不同於還活著的人，此刻元神受損的貝拉，已經失去了對魂魄的拘束力，她的魂魄將會慢慢散盡，飄散在虛無之中。

「媽媽！」艾蜜莉哭著叫道。

貝拉沒有說話，只是溫柔地用手摸著艾蜜麗的臉。

這時艾蜜莉的身後，傳來了獨耳泰勒痛苦的哀號。

原來另一邊的任凡射出彈丸，終於命中了獨耳泰勒。

在確定彈丸打中了獨耳泰勒之後，任凡才在老先生的帶領之下，從森林中走了出來。

在聽完老先生告訴任凡發生了什麼事情之後，任凡痛苦地閉上了雙眼。

任凡知道事情發展至此，不管做什麼，艾蜜莉的母親都會死去，真正的死去，消失在天地之間。

身後，被任凡的彈丸打中的獨耳泰勒暈了過去，但在定身陀螺的法力之下，完全無法躺下，就這樣直挺挺地暈了過去。

起碼就現在的任凡來說，獨耳泰勒已經不是問題了。

「媽媽——」艾蜜莉趴在貝拉的身上哭著叫道：「媽媽，妳沒事吧？」

此刻的貝拉只能摸著艾蜜莉的臉，任憑自己慢慢地死去。

「媽媽妳看這個大哥哥，」艾蜜莉哭著對貝拉說：「他就是那個妳常常跟我說的黃泉委託人喔。媽媽，妳不是常常跟我說大哥哥的故事嗎？妳快起來說故事好不好？」

貝拉看了任凡一眼，這時的任凡也走到兩人身邊。

「大哥哥，」艾蜜莉抬起頭來哭著求著任凡說：「求求你救救媽媽。」

任凡一臉哀戚地搖搖頭。

一旦元神受損，任凡知道一切都太遲了，現在最糟糕的是，艾蜜莉恐怕得要眼睜睜看著自己的母親越來越虛弱，然後永遠消失在天地之間。

「媽媽——」艾蜜莉哭得哀戚，讓所有在場的鬼魂們都為之動容。

聽著艾蜜莉的哭泣，讓任凡想起了當年。

當年的自己就跟現在的艾蜜莉一樣，面對阿康的死亡，同樣的無助、傷心、恐慌。

即便已經制伏了獨耳泰勒，但任凡一點也不覺得開心。

所有長期被獨耳泰勒控制的鬼魂，此刻也沒有人因為重獲自由而欣喜。

整個小鎮，就彷彿當年被獨耳泰勒屠殺過後般死寂。

就是在這個時候，地板上突然出現了一團黑氣。

這讓原本似乎已經平靜下來的場面，再度出現了一絲漣漪。

鬼魂們開始騷動不安，因為就連他們都嗅出了那股不尋常的氣味，那股帶著死亡的氣味。

真是有完沒完啊？

任凡不免在心中怨嘆道。

他摸了摸自己的口袋，摸到了那個他從骨董文物商得到的報酬。

到底該怎麼辦呢？

任凡不禁在心中自問。

機會很可能就只有這麼一次，如果錯過了，自己很可能真的要永遠成為死神的奴隸。

耳邊傳來的是艾蜜莉的悲泣與鬼魂們驚慌的聲音。

就在這個非常時刻，那個傢伙登場了。

那個該死的——死神一二九。

第8章・傳奇的開始

1

二十多年前，陽明山。

「臭小子！」

一個男人的聲音，敲醒了原本寧靜的道觀。

幾乎不需要任何其他的訊息，大夥也大概猜到發生了什麼事。

撚婆跑出房間，果然見到一個中年法師追著任凡跑了出來。

除了撚婆之外，其他就連爐婆、杖婆與珠婆也跟著趕了出來，見到了中年法師與任凡，臉上都浮現出「又來了」的表情。

年僅六歲還沒上小學的任凡躲到了撚婆身後，氣沖沖的中年法師追了過來。

「好了啦，千爺，」撚婆一臉不悅地說：「又是什麼事情讓你這麼氣沖沖啊？」

這個中年法師不是別人，正是江湖上被人尊稱為「三爺四婆」中的千爺，也是撚婆的師弟，但因為年紀比撚婆還要大，所以撚婆都以千爺來稱呼他。

「還會有什麼事？」千爺氣憤難平地說：「那個臭小子又拿我的定身陀螺去玩。」

「那有什麼辦法？」杖婆在旁邊無奈地說：「誰叫你的法器那麼像小孩子的玩具？」

「放屁！」千爺氣憤地說：「難道珠婆的法器就很成熟嗎？彈弓才像是小孩子玩的玩具。」

「嘴巴放乾淨一點！」聽到千爺這麼說，珠婆橫眉一豎，怒目瞪著千爺說：「珠婆是在叫誰？我說過誰敢這樣叫我，我就射到他滿地找牙。」

「珠婆又不是我給妳取的外號，」千爺無辜地說：「是江湖上的人給妳取的外號，就是因為妳的法器是法珠啊。」

「奇怪耶！」珠婆指著千爺說：「你的法器是陀螺，幹嘛還要人家叫你千爺，為什麼你就不能叫陀螺爺？」

「陀螺以前就叫做千千啊！」千爺攤手答道。

「那你們也可以叫我法婆啊！」

「我現在不想跟妳爭這個，」千爺揮了揮手說：「我現在是要好好教訓這個臭小子，叫他不要整天偷拿我的法器去玩。」

聽到千爺這麼說，撚婆一臉為難，雖然她知道任凡的調皮的確帶給大家困擾，但是到頭來對一個不滿六歲的小孩來說，道觀的確是太過於單調無聊了。

就好像看穿了撚婆的思緒一樣，杖婆拄著枴杖對千爺說：「千爺，你也別生氣了，我有個提議不知道大家覺得好不好。」

千爺猶豫了一會之後，比了比手勢，示意杖婆說出來看看。

「我在想，任凡正值好奇的年紀，」杖婆點著頭說：「本來就會有多餘的精力想要發洩，這是小孩子本身就會有的習性。所以我想說，如果我們真的讓任凡好好去學習一些有趣的或者他有興趣的東西，或許他就不會整天閒著發慌，打擾師兄妹們靜修了。至於他想學什麼，就讓任凡自己決定，如何？」

聽到杖婆這麼說，撚婆跟爐婆都點頭表示贊同，只有千爺垮著臉。

「這樣太不公平了吧？」千爺皺著眉頭一臉不悅地說：「你不如叫我直接教他比較快，我的法器這麼有趣，小孩子肯定比較喜歡啊，不然難不成要教他怎麼撚香、燒香看煙嗎？」

千爺這番話擺明是衝著撚婆與爐婆而來，兩人還沒回應，一旁的珠婆已經冷笑了一聲。

「哼，」珠婆一臉不屑地說：「你確定任凡會想要學你那三腳貓的功夫？拜託，他只是想玩陀螺而已。如果要學真功夫，他不會選擇陀螺的。」

「哎呀，」聽到珠婆這麼說，千爺立刻擺出了地痞流氓的臉色說：「妳想比劃看看嗎？」

「好，」珠婆十分乾脆地說：「我們就來比劃看看。」

「可以！我們兩個各露一手絕活給任凡看看，然後看他想學誰的！」

「你就等著吃癟吧，」珠婆一臉調侃地說：「陀螺爺。」

於是就這樣，一場荒唐的法器大賽，就在這個莊嚴的道觀中拉開了序幕。

首先露一手的是珠婆，珠婆讓人在中庭擺上了五顆氣球，然後站在百步之遠。

只見珠婆喝了一聲，手上的彈弓一振，一次就打出了五顆法珠。

五顆法珠宛如一道光芒般，在空中留下漂亮的直線殘影後，五個氣球應聲而破。

眾人都為這手好功夫而喝采不已。

成為這場荒唐比賽裁判的任凡，看到雙眼直瞪，不敢相信珠婆的那個彈弓竟然如此神奇。

在一旁看著珠婆的千爺，聳了聳肩，似乎對這手神乎其技不以為然。

接著上場的千爺，手拿著陀螺，朝地上一打，真的就好像小孩在打陀螺一樣。

「就這樣？」珠婆笑道。

「哼，」千爺冷笑地說：「張大眼睛看清楚了。」

只見千爺揮動了手上的繩子，左一鞭右一鞭地快速抽打著陀螺，原本在地上不停轉動的陀螺竟然在這樣的快鞭下，凌空飛起來。

眾人見到又是一陣歡呼。

擔任裁判的任凡更是張大了雙眼，看著這個會飛的陀螺在空中盤旋，整個表情幾乎等於宣判了這場比賽。

陀螺在空中任憑千爺的繩索擺布，一會左、一會右的在空中舞動著。

千爺熟練地抽打著陀螺，轉過來對珠婆挑釁般地挑了挑眉毛。

珠婆見狀氣不過，舉起彈弓準備將那個飛舞在空中的陀螺射下來。

千爺看到珠婆舉起彈弓，知道她打什麼算盤，立刻轉過身來保護陀螺，擋住珠婆的彈道，不讓她打中自己的陀螺。

「別賴皮啊！」千爺叫道。

「哼，」珠婆冷哼了一聲說：「這樣就想擋住我？」

珠婆用手扣住一顆法珠，朝千爺的左邊彈了過去，千爺仍然用身體保護著陀螺。

珠婆搭起彈弓，瞄準了那顆飛在空中的法珠用力一射。

兩顆法珠立刻在空中相撞，射出來的那顆法珠因為撞擊而改變了軌道，一個反彈後精準地命中了千爺前面的陀螺。

珠婆的這一手，將千爺的陀螺打了下來，成為這場大戰中最後的結局。

年幼的任凡看到珠婆的法珠，準確地將千爺在空中飄忽不定的陀螺打落，讓他更是認知到陀螺再怎麼會飛，也永遠躲不過彈弓的攻擊。

想當然耳，任凡最後選擇了學彈弓，在與撚婆一起在道觀的那段時間裡，任凡也跟著珠婆學會了一手了得的彈弓技巧。

不甘寂寞、好勝心強的千爺，在那場比試後，一直想要扭轉任凡腦海中陀螺不如彈弓的印象，所以私底下偷教任凡。

為了扳回一城，千爺毫無保留、卯足全力把自己所會的所有陀螺技巧都教給任凡，但比起彈弓，想要練成千爺那樣神乎其技地將陀螺玩到飛起來，本來就不是三天兩頭就可以練成的。

相較之下，彈弓卻是個非常容易上手，並且易於活用的法器。

任凡雖然不見得可以像珠婆那般在空中變換軌道，但光是百發百中就已經非常夠任凡用了。

正因為這個緣故，不管千爺如何努力地教導任凡，也始終都無法改變任凡腦海中，彈弓大勝陀螺的刻板印象。

後來撚婆帶著任凡離開道觀之前，千爺把任凡最喜歡的定身陀螺送給他，那時不管是任凡還是千爺自己都認為，任凡永遠不會把這個東西當成自己的防身武器。

那場法器大賽，竟然會決定任凡一生所信賴的法器，這是當時的千爺與珠婆萬萬想不到的。

在離開道觀後，任凡永遠都會在後口袋裡面放一把彈弓，並且靠著它度過無數次的危難。

當然同樣地，不管是任凡還是千爺都料想不到，這個定身陀螺會在二十多年後救了任凡一命。

2

死神一二九若無其事地出現在眾人面前。

一個原本應該是最有能力處理這種事情的傢伙，卻總是在最後才登場。

這讓任凡對他恨之入骨。

任凡恨不得現在就衝上前去，直接用死神的小刀敲也要把他敲死。

所有的鬼魂都因為死神突如其來的現身，嚇到不敢動彈。

死神一二九繞著獨耳泰勒的身體轉了一圈，彷彿像是在參觀一個藝術品般。

「嗯，」死神一二九點了點頭說：「不錯嘛，你總算踏出了你的第一步，沒錯，這個鬼魂正是從潘朵拉之門逃出來的鬼魂。你讓你的人生多了一點日子可活。」

聽到死神一二九這麼說，任凡插在口袋中的手握得更緊了。

那個傳說中可以殺了死神的東西，終於有機會證明它的價值，但此刻任凡卻只能緊緊地握著。

諷刺的是，就是在這個時候，任凡才知道那個骨董文物商是對的，這個東西的確是死神的小刀。

但這對情況一點幫助也沒有，反而讓任凡陷入了天人交戰。

完全沒有察覺任凡的異狀，死神一二九仍然繼續欣賞著這個由任凡一手創造出來的「藝術品」。

他似乎對於那個不停在獨耳泰勒頭上打轉的圓錐體感到新奇，直盯著陀螺看。

雖然任凡看不見，但任凡也知道，現在對自己來說，是最好的時機。

死神強大的靈力讓任凡可以輕易地捕捉到他的行蹤，從他飄動的路徑看起來，任凡猜想得到他正將注意力集中在獨耳泰勒身上。

現在動手任凡有絕對的把握至少可以拚個同歸於盡，而任凡也早就打算這麼做了。

即使知道就算成功殺了他，也會引來所有死神的追殺。

對於這點，任凡一點猶豫也沒有。

他很樂意被所有死神追殺，只要能夠讓這個王八蛋知道他不應該這麼做。

但是，這卻有個任凡承擔不起的代價。

就在任凡天人交戰時，原本一直躺在地上沒有反應的貝拉，突然開口對著任凡說：「你是黃泉委託人嗎？」

「你這東西……」死神一二九指著陀螺想要問清楚。

誰知道任凡卻完全不理會他，走到貝拉身邊，蹲了下來。

任凡點了點頭回應貝拉的問題。

「我不行了，」貝拉淡淡地說：「雖然我沒有報酬可以給你，但我想委託你，照顧我的女兒。」

聽到貝拉這麼說，艾蜜莉哭得更大聲。

「媽媽，不要，我不要妳死。」

貝拉的雙眼盯著任凡，希望他可以給自己一個明確的答案。

過了一會之後，任凡沉重地點了點頭。

「謝謝。」貝拉無力地說。

「喂，」死神一二九的聲音從身後傳來：「你們夠了沒？我不是來這邊看你們告別的。」

對於剛剛被任凡忽視，很明顯地讓死神一二九覺得不是滋味。

「把那個撤走，」死神一二九指著獨耳泰勒頭上的陀螺說：「如果你還想要保有那個東西的話。」

任凡站起身來，轉向死神一二九，比了比自己的肚子說：「那這個呢？」

「哼，」死神一二九不屑地說：「終究還是想活下去，不是嗎？」

死神一二九飄到任凡面前，將披風一揮，披風瞬間籠罩住任凡。

「你的死神印記已經重置了，」死神一二九說：「從現在開始，你會有差不多跟這次一樣的時間，去追捕下一個被你放走的鬼魂。」

任凡雙拳緊握，強壓著心中的怒火，將獨耳泰勒頭上的陀螺取下來。

一失去陀螺的壓制，獨耳泰勒立即軟倒在地。

死神一二九飄到了獨耳泰勒身邊，將身上的披風一抖，蓋住了獨耳泰勒，等到死神一二九將披風拉起來，獨耳泰勒就這麼消失得無影無蹤了。

「還有她，」任凡指著地上的貝拉咬牙切齒地說：「請你也把她帶走吧。」

就在任凡開口的瞬間，他已經做出了一個可能會後悔一輩子的決定。

然而，任凡也非常清楚，如果不做這樣的決定，他肯定自己會後悔一輩子。

他不想活在這樣的陰影下。

如果他在這裡，決定幹掉死神一二九，並且真的下了手，不管成功或失敗，他都將賠上艾蜜莉的母親。

此刻唯一能救艾蜜莉母親的，就只剩下這麼一個辦法了。

讓死神一二九將她帶下去，接受她的審判，然後重回輪迴之路。

在人世間因為元神受損，無法凝聚的魂魄，只要下了地獄，就不會再分散了。

這是艾蜜莉的母親唯一可以獲救的方法，也是任凡唯一想得到的辦法。

但這也意味著，任凡必須放棄擺脫奴隸身分的機會，而這個機會，只有這麼一次。

「她已經不行了。」任凡沉著臉說：「快把她帶走吧。」

聽到任凡這麼說，艾蜜莉哭得更大聲了。

「媽媽。」

「艾蜜莉，乖，」一旁的老先生安慰著艾蜜莉說：「讓媽媽走吧。」

「你是不是搞錯了？」死神一二九冰冷地說：「我可不是你的手下，可以讓你使喚。」

死神一二九用鐮刀指著任凡說：「你沒有任何立場與資格要求我這麼做。」

「別那麼敏感，」任凡淡淡地說：「我這不是命令或要求，而是一個交易。」

「交易？」

任凡將手從口袋裡面伸出來，然後對著死神一二九說：「是的，交易。我用這個東西跟你換。」

死神一二九看著任凡手上的東西，一時之間不懂為什麼任凡會認為那個東西有那個價值可以跟自己「交易」。

「她的時間不多了，」任凡說：「先收了她吧，我保證這個東西，會讓你滿意的。」

死神一二九看著地上的貝拉，的確正如任凡所說的，這女人隨時都會灰飛煙滅。

「放心吧，」任凡面無表情地說：「沒有人敢愚弄死神的，就算是我。」

死神一二九聽了，走到貝拉的身邊。

老先生將艾蜜莉拉開，艾蜜莉一邊退開一邊仍在哭喊著媽媽。

死神一二九同樣將披風一震，罩住了貝拉的身體，然後貝拉就跟獨耳泰勒一樣，消失得無影無蹤。

雖然場面一樣哀戚，艾蜜莉依然喚著自己消失的母親，但在場大部分的鬼魂都明白，貝拉至少還有機會，重新回到這個世界上。

在收了貝拉之後，死神一二九轉向任凡攤開了手。

任凡深吸了一口氣，然後將手上的東西丟給死神一二九。

死神一二九接住後，朝手上一看，那是一個被一塊布包著，有點像是寶石般的東西。

一打開這塊布，當所有鬼魂看到死神一二九手上的東西時，全都倒抽了一口氣。

因為不管怎麼看，那東西都像是一顆沒有半點價值的石頭。

想不到任凡竟然真的敢欺騙死神，讓所有人都不禁為任凡捏了一把冷汗。

「你給我這什麼東西？」死神一二九的聲音充滿了怒氣，「一顆石頭？這該死的東西就是你所謂的……」

死神一二九說到一半，突然注意到那塊包著石頭的布。

這觸感跟材質……

死神一二九摸著自己的披風，果然發現這塊布的觸感跟材質，就跟自己的死神披風一模一樣。

這東西是死神披風？

「走吧，」任凡對著艾蜜莉說：「我們該去接利迪亞了。」

艾蜜莉雖然還在為失去媽媽哭泣，但仍然聽從任凡的話，走到任凡身邊，牽住任凡的左手。

一旁的死神一二九還是不太理解，他不明白任凡究竟是如何取得這塊披風布的。

「把布打開，」任凡臨走前對著死神一二九說：「裡面的東西才是真正有價值的，天才。」

任凡說完之後，不理會這滿場為了他的一舉一動而驚訝不已的鬼魂，逕自帶著艾蜜莉朝森林走去。

死神一二九照任凡所說的，搓動了手上的石頭，石頭果然上下滑動開來，裡面的東西緩緩展現在死神一二九的眼前。

這東西是……

死神一二九將東西拿近一看，內心一凜。

這小子……他到底是怎麼拿到這個東西的！

死神一二九在明白這東西是什麼之後，第一個想到的是任凡是如何得到的，但接下來的問題卻讓他內心更是震驚。

他拿這樣的東西想要幹什麼？

對於這個問題，死神一二九有了答案，但他簡直不敢相信。

他將石頭中的東西取出，舞動了一下手上的鐮刀，將手上的東西拿來與自己的鐮刀一比。

果然，這東西是從死神鐮刀上取下來的。

這小子該不會想殺我吧？

這個問題瞬間閃過死神一二九的思緒。

這可是史上最難以置信的事情，竟然有人想要殺害死神？

雖然這個可能性讓死神一二九大怒，但他也不禁好奇，如果真的幹起來的話，這個叫任凡的，真的……有機會嗎？

這讓死神一二九認真思考著，是不是該在這個時候就把任凡給收了。

「哼！」

經過一陣考慮之後，死神一二九冷哼了一聲。

他非常明白自己不需要急著殺掉一條獵犬，畢竟被自己標記的任凡，根本沒有什麼機會可以反抗。

現在的他，只要等到這隻獵犬失手，或是失去利用價值時，自己隨時都可以要他的命，倒也不需要急於一時。

反而是自己手中的這個死神小刀，他非常清楚是多麼重要的東西。

死神一二九非常清楚這東西可以為自己賺得多少名聲與榮耀，畢竟這可是現在死神界的傳奇——死神十三，當年剛出道時被人割去的死神袍與鐮刀。

在地獄每個死神都有自己專屬的鐮刀與披風，就這麼一把與一件，獨一無二。

也因為這個東西遺落人間，一直到現在死神十三的鐮刀上與披風上，都有這麼一個缺口，反而成為了他的註冊商標。

這些年來，死神十三一直想要找回這兩樣東西，來修補遺憾，想不到現在這個東西，竟然會透過任凡來到了死神一二九的手上。

死神十三可是現在死神中地位最崇高的一個，死神一二九簡直不敢想像，當死神十三看到這個東西時，會有多麼高興。

看樣子，不管任凡的動機為何，這條獵犬都還有留他活命的價值。

2

那些不屬於這個小鎮的鬼魂，那些被獨耳泰勒抓來成為自己奴隸的鬼魂，在死神一二九離去後，也紛紛離開了。

轉眼間，整個小鎮，就只剩下鎮長與那些被長期束縛在這裡的鬼魂。

「鎮長，」戴爾愣愣地問著鎮長：「這一切到底是怎麼回事？」

鎮長看著戴爾，他不知道該不該向他解釋這一切。

在獨耳泰勒被安東尼抓走之後，他一度以為他們可以獲得解脫。

每晚鎮長都會回到小鎮，試圖向這些如夢初醒的鬼魂解釋這一切，但好不容易解釋到他們都理解了後，他們又會突然彷彿想起什麼似的，失神地朝自己家門口走去，然後定在那裡，像往常一樣，靜靜地等待著明晚再度回神。

就在死神一二九以及那些被獨耳泰勒控制的鬼魂都離開了之後，小鎮裡面的鬼魂居民，一個接著一個幾乎在同一時間甦醒過來。

鎮長很快就知道，這次不一樣。

因為以往這些居民的記憶都一直卡在眾人殺掉獨耳泰勒之後，與眾人被獨耳泰勒殺害之前的這個時間點。

但這次許多居民甦醒之後，都已經知道自己被獨耳泰勒殺了的這件事實。

終於，在等待了超過百年之後，鎮長終於等到了這個時刻。

這一切都是因為任凡，但他卻連聲道謝都還來不及說，任凡就已經帶著艾蜜莉離開這裡。

所有甦醒過來的居民，紛紛圍在鎮長身邊，等待著鎮長跟大夥解釋眼前到底是什麼情況。

鎮長愣愣地看著居民們，淚水卻像水龍頭打開般不停地流下。

等到鎮長心情平復後，他將這一切告訴了居民。

他告訴居民在這百年之中，他們是如何一夜又一夜地被獨耳泰勒凌虐。

他也為當年集合大家一起殺害獨耳泰勒的事情道歉，就是因為他當年的一個錯誤決定，才會讓大家承受這百年的痛苦。

他也希望得到大家的原諒，原諒他的軟弱，原諒他的無能，更希望大家可以原諒他這百年的袖手旁觀。

當然，他也告訴大家，有這麼一個叫做黃泉委託人的人，在不要求任何回報的情況下，捨命跟獨耳泰勒對決，才讓大夥有重獲自由的這一天。

居民們靜靜地聽完鎮長的敘述之後，有很長的一段時間，沒有任何一個人發出半點聲響。

雖然這些居民們都不記得過去百年痛苦的日子，但被獨耳泰勒殺害時的恐懼與痛苦，卻宛如昨天才發生般清晰。

「那我們現在該怎麼辦？」其中一個居民問道。

「走吧，」鎮長抿著嘴說：「大家都可以離開了，大家……終於自由了。」

雖然第一次在死後獲得自由的居民們，臉上都有著無所適從的表情，但鎮長一點也不擔心，因為他知道，他們有足夠的時間，可以慢慢摸索、慢慢適應。

「鎮長。」

一個男人叫住了鎮長，這人不是別人，正是那個因為任凡的介入，而逃過一次慘死命運的戴爾。

「你說那個男人的名號是什麼？」

「黃泉委託人。」鎮長笑著說。

戴爾點點頭，轉身朝小鎮外走。

「戴爾，」鎮長問道：「你要去哪裡？」

「鎮長你知道我的為人，」戴爾停下腳步，轉過身來對鎮長說：「誰幫助過我，我一定會回報。」

跟其他人比起來，戴爾不需要鎮長多做解釋，也知道任凡的確救了自己一命。

「如果你真的見到他，」鎮長點了點頭說：「記得幫我跟他說謝謝，真的很謝謝他。」

「我會的。」

戴爾扛起斧頭，毅然決然地朝艾蜜莉與任凡兩人離開的方向而去。

3

東方的天空再度露出了一道曙光。

對忙碌了整晚的任凡來說，現在的他只想找張床，好好地睡上一覺。

兩人回到了利迪亞停留的地方，艾蜜莉熟練地吹了聲口哨，沒多久就看到利迪亞跑了過來。

一整晚都沒見到主人的利迪亞，這時看到了艾蜜莉，立刻上前磨蹭艾蜜莉的腳。

艾蜜莉也蹲下去摸著利迪亞。

「大哥哥，」艾蜜莉的聲音中還殘留著一點抽噎問道：「你都不怕嗎？那個是死神耶。」

聽到艾蜜莉這麼問，任凡聳了聳肩說：「怕什麼？我在家鄉還有一個死神朋友，我們很要好喔。」

「真的嗎？」艾蜜莉驚訝地睜大哭紅的雙眼說：「真的可以跟死神成為好朋友嗎？」

任凡點點頭。

聽到艾蜜莉這麼問，也讓任凡想起了那個好友。

的確，任凡也好久沒見到葉聿中了，不知道他現在過得如何。

不過這不是任凡現在該煩惱的問題，現在的任凡還必須跟死神一二九鬥勇鬥智，想辦法讓自己從這個詛咒中脫身。

「走吧。」

任凡伸出了左手，等著艾蜜莉。

艾蜜莉見狀，臉上露出笑容，上前牽住任凡的手。

艾蜜莉吹了聲口哨，利迪亞立刻熟練地跳到艾蜜莉懷中。

任凡與艾蜜莉兩人一起踏出了第一步。

只是兩人作夢也沒想到，這一步竟然踏出了一條行進，這便是後來永遠流傳於西方黃泉界的「任凡的行進」（The March of Mr. Z）。

而這傳奇的開始，不過就是一人、一鬼加上一隻貓靈而已。

突然間——

「……等等！」

任凡突然停下了腳步轉向艾蜜莉說：「妳為什麼會說中文？」

「啊？」艾蜜莉的一對大眼睛，眨了眨幾下說：「我沒說過中文啊！我說的都是法文啊。」

「什麼……」

「那我說的話妳為什麼都聽得懂？」

「因為大哥哥你說的就是法文啊。」

「啊？」

任凡放開艾蜜莉的手，臉上寫滿了驚訝與不解。

艾蜜莉眨著她的一雙大眼睛，不了解為什麼任凡會如此震驚。

剎那間，任凡突然想到了，這段時間以來，也就是自己瞎了之後，看不到任何人或鬼，但這段時間遇到的人，為什麼都會說中文，也都聽得懂自己說的話？

可問題是，自己這段時間幾乎都在法國境內啊。

在人面臨絕望時，就連任凡也根本不會去想這種芝麻綠豆大的小事，對一個已經走投無路，雙目突然失明，生命又危在旦夕的人來說，這些事情就顯得一點都不重要。

尤其是失去了雙眼，在完全看不到他人外貌差異的情況下，任凡根本就已經忘記這些人都是外國人的現實。

一切都是如此的自然。

就在任凡終於可以喘一口氣的現在，這個問題才突然像場暴風般席捲了任凡的腦袋。

這到底是怎麼回事啊？

難道說雙眼失明，讓自己的語言能力開花了？

竟然無師自通，學會了法文，還把它熟練到聽、說起來都像中文？

這也太過於神奇了吧！

「……」

「……」

兩人就這樣沉默地對峙了一會。

想了幾秒之後的任凡聳聳肩，懶得多想了。

艾蜜莉也學任凡聳聳肩，重新牽起任凡的手，兩人繼續走下去。

後來西方黃泉界最著名的傳奇——任凡的行進（The March of Mr. Z），就是從這裡，踏出了漫長旅程的第一步。

而任凡也會逐漸了解到，在他身上的這一切變化，只是一個開始，他將會有更多的巨變，而更讓任凡想不到的是，這樣的巨變將會永遠徹底地改變這個世界。

番外・萍水相逢

距今多年前，在黃泉委託人這個名號，才剛開始萌芽之際——

十來歲的任凡，仰望著星空，還是覺得「黃泉委託人」這個稱號有點不倫不類。

或許等等阿康回來之後，兩人可以再好好商量一下，畢竟一個連自己聽起來都不順的名號，實在很難讓人提起幹勁，想要好好打拚一番。

不過話說回來，阿康也去太久了吧？

想到這裡的任凡，看了一下時間，已經晚上九點多了，距離阿康說要去找找看有沒有可以接的生意，過了好幾個小時。

雖然說不至於到擔心的程度，不過任凡也覺得似乎該去找找看了，看看到底是什麼情況，讓阿康去那麼久還沒有回來。

記得阿康有說要到附近的一片墓地去看看，所以任凡打算去那附近找找看。

反正人跟鬼不同，即便任凡移動了，阿康真的要找還是可以找得到自己，但是自己可就沒有這個可以靠感應就找到阿康的能力。

於是任凡站起身，朝著阿康離去的方向走。

來到附近的街道，任凡感覺到有點詭異，此刻才晚上九點多，但整條街道卻異常安靜，彷彿沒有住人一樣，整條街道甚至看不到半點燈光，猶如一座死城。

從小就有陰陽眼的任凡，雖然不怕鬼，但看到這詭異的情況，還是感覺到怪怪的。任凡四處看了一下，發現不只有這條街，就連另外一條街上也是如此。所有街道的大門緊閉，而且看不到多少燈光。

感覺到詭異的任凡，本來還打算多走幾條街看看，卻在這個時候，看到了許多家門上，都有貼著一張像是公告的東西。

任凡靠過去想要看個究竟，結果才剛靠過去，就聽到了街道盡頭，傳來了一陣搖鈴的聲音。

還來不及反應過來，任凡就看到了公告的內容，臉上也瞬間浮現出不妙的表情。

那是一張送肉粽的公告，提醒附近的住戶與往來的民眾，在這個時候最好可以避開這條道路的提醒。

結果才剛看到，那搖鈴的聲音已經出現在巷尾，任凡想要躲避恐怕也來不及了。

於是任凡四處張望了一下，找到了一根柱子後，趁著隊伍還沒出現，躲到了柱子旁。

關於送肉粽的情況，任凡過去有聽撚婆提過，所以大概也知道是怎麼回事。

任凡才剛躲好，就看到了送肉粽的隊伍，出現在眼前。

領頭的是一名中年道士，操控著一個鍾馗戲偶，帶著隊伍從任凡所在的柱子前面經過。

看到這畫面讓任凡覺得有點有趣，因此稍微看了一下，中年道士過去之後緊接著就是裝有上吊繩索的拉車。

任凡看一眼，不自覺地倒抽了一口氣，只見拉車上一個散發著黑氣的靈體，就坐在上面。

當然對其他人來說，拉車上沒有什麼東西，不過對任凡這種有陰陽眼的人來說，直接就可以看到拉車上面確實存在著一個被束縛的靈體。

對於這種畫面，就連平常見怪不怪的任凡，都有種開了眼界的感覺。

這麼酷的場面，還真的是該見識見識，或許等等找到阿康之後，如果這行人還沒走遠，也該帶阿康來見識一下。

結果就在任凡這麼想的時候，拉車也過去了，原本還以為隊伍差不多就這樣了，誰知道在拉車後面，竟然還跟著其他的鬼魂。

原來這「送肉粽」算是一個法陣，能夠束縛跟領導著鬼魂朝海邊而去，因此只要中間路過的孤魂野鬼，也很有可能就這樣被一起拉到法陣中，跟著隊伍而去。

結果任凡定睛一看，自己的好友阿康也跟在後面。

這下任凡終於明白了，原來怎麼等都等不到阿康，就是這個原因。

阿康這傢伙跟自己一樣，不知道這邊有送肉粽，結果傻傻地被法陣吸住，只能跟著一路走下去。

當然結局會怎樣，任凡也很清楚，如果自己不想點辦法，可能阿康就真的得要被丟到海中，變成水鬼沒辦法上岸了。

眼看隊伍即將離去，這時任凡再也忍不住，從柱子後面出來，掏出自己的彈弓，瞄準了路燈之後，立刻射出。

路燈應聲爆裂，發出的聲響立刻讓隊伍停了下來。

雖然順利阻止了隊伍的前進，但任凡一時間也想不到到底該怎麼樣把阿康救出來，正準備躲進去，結果一轉身就被後面一個身影給抓住。

想要躲回去的任凡被阻止了之後，定睛一看才發現阻止自己的，是一個跟自己年紀相仿的少年，與一個明顯比兩人還要小了一點的女孩。

「你是白痴嗎？」少年一臉不屑地說：「不知道不能亂跟送肉粽的隊伍嗎？」

被少年這樣一說，任凡也不甘示弱，揚起眉回罵。「你是瞎子嗎？沒看到我正要躲開嗎？」

「白痴！」少年冷哼了一聲，「都已經跟到這裡了，不能說離開就離開，得要跟到最後。」

任凡正準備開口，結果一旁的女孩反而先開口了。

「雖然我不是很想這麼說，」女孩一臉受不了的模樣說：「不過你們有沒有聽過，罵人就是罵自己這句話？」

聽到女孩這麼說，任凡跟那少年兩人一起轉過來對著女孩。

「妳是小學生嗎？」

「對啊，」任凡也跟著說：「誰會說這麼幼稚的話啦？」

被兩人圍攻的女孩，也不甘示弱地回嗆，三人頓時吵成了一團。

這與任凡年紀差不多的人，男的是阿吉，是前面那位中年道長呂偉的嫡傳弟子，至於這個女孩雖然不是呂偉道長的弟子，不過此刻正以類似留學生的情況，在呂偉道長底下學習的梓蓉，兩人此趟就是在學習送肉粽這樣的科儀，誰知道被半路殺出來的任凡給搗亂了。

就在三人你一言我一語吵個不休時，在前面領隊的呂偉道長也注意到了，因此讓眾人先停下來，自己走過來，制止了三人。

將阿吉與梓蓉拉開，停止了這番爭吵之後，呂偉道長打量了一下任凡，然後開口對任凡說：「你是——」

呂偉道長才剛說兩個字，立刻「啪」的一聲，一顆彈珠就這樣直直打在呂偉道長的額頭上，讓呂偉道長整個頭向後一仰，力道之大從聲音就聽得出來。

這時候的呂偉，雖然還遠不到一零八道長的稱號，更不是國師等級的大道長，但已經是人家鍾馗派的翹楚、真正的驕傲，如今卻話都還來不及說完，就被任凡一發彈珠伺候。

這讓一旁的阿吉跟梓蓉都看傻了眼，嘴都張大到可以把拳頭吞下去的程度。

「臭小子！你不想活啦！」阿吉回過神來，指著任凡罵道。

任凡這邊則是挑起眉，一臉不在乎的模樣，不過這完全只是硬撐出來的反應，實際上，任凡也知道自己可能大難臨頭了。

之所以會來搗亂，就是希望在這陣騷動之下，可以減弱他們對鬼魂的壓制力，如此一來阿康就有機會可以逃脫，自己才有可能把阿康救出來。

誰知道就連一彈弓打在領頭道長的頭上，那些鬼魂還是文風不動。看來這一次，自己真的遇到了真材實料到鐵打的道長了。

阿吉這邊完全不知道任凡打的如意算盤，只知道這傢伙竟然這樣大逆不道，敢動自己的師父，讓阿吉也真的是火大了。

「這小子不好好扁一頓，真是對不起鍾馗祖師啊。」阿吉說完捲起袖子準備過去狠狠地揍任凡。

結果才往前踏了一步，肩膀就被人搭住阻止了他。

「別……」

拉住阿吉的人不是別人，正是呂偉道長。

只見呂偉道長一手摀著自己的額頭，臉上卻還是浮現出一抹淡淡的笑容。

「……你是小凡吧？」呂偉轉向任凡。

聽到呂偉這麼說，換成任凡愣住了，一時之間根本不知道該不該點頭。

「你應該已經不記得了，」呂偉接著說：「我們以前見過面。」

任凡側著頭，仔細端詳著眼前的中年道長，不過腦海裡卻沒有半點印象。

「當年天威道長的……」呂偉不忍當著任凡的面前說出那兩個字，「我有前去弔唁，你就是那個跟在撚婆身邊的小孩吧？」

雖然說呂偉不像身旁這個年輕的阿吉一樣，有著過目不忘的超強記憶，但基本上能夠在這一派混得好的，記憶力都有過人之處，因此對於當年只有一面之緣的小孩，過了多年經過這些變化之後，還能夠認得出來。

另外一邊聽到了呂偉道長的說明之後，證明了當年很可能真的見過自己的情況之後，任凡也才緩緩地點了點頭。

點頭的同時，任凡那放蕩不羈與調皮搗蛋的模樣，頓時也收斂起來，變成一個彷彿是見到長輩的小孩般乖巧。

「撚婆過得還好嗎？」呂偉像個親切的長輩問道。

任凡一臉尷尬地點了點頭，畢竟現在的他，算是離家出走的情況。

「是撚婆要你來的嗎？」呂偉問。

任凡搖搖頭。

「那你為什麼……？」

任凡猶豫了一下之後，低著頭說：「因為我的朋友也被你……」

「你的朋友？」呂偉一臉狐疑轉頭看了一下隊伍，確定今天後面沒有跟著其他人。「今天應該沒有人……喔，好，我了解了。」

呂偉很快會意過來，知道任凡口中的朋友，很可能不是活著的人。

呂偉道長笑了笑，然後揮著手對任凡說：「來吧，跟呂叔叔來，把你的朋友帶走吧。」

任凡雖然猶豫了一下，不過為了救阿康，也只能硬著頭皮，跟著呂偉道長過去。

呂偉道長領著任凡，一轉過身去，手也跟著放下來，這時阿吉與梓蓉才看到，呂偉道長的額頭上隆起了一個包。

呂偉道長就這樣帶著任凡，來到車子的後面，在任凡的指認之下，呂偉道長唸了幾句口訣，解開了阿康身上的束縛，讓任凡可以把自己的朋友帶走。

「哇，」看到呂偉道長額頭上的包與他對任凡的模樣，讓阿吉不免讚嘆。「師父的修養，真的是比天還要高啊！這樣都能忍下來。」

「當然很高啊，」一旁的梓蓉笑著說：「不然怎麼可以收你這徒弟還沒被氣死？」

聽到梓蓉這麼說，阿吉一臉難以置信。「哎呀！妳這傢伙，看人家長得好看，就胳臂向外彎啊！嘖嘖嘖，真是……」

「好看個屁啊，」梓蓉惱怒，「你們兩個都一樣！醜死了！」

梓蓉罵完之後，不想理會阿吉，向前跑去跟呂偉道長們會合。

任凡救了阿康，跟呂偉道長道謝之後，快步地轉身逃走，很快就消失在眾人眼前。

看到任凡離開之後，阿吉靠過去，對呂偉道長說：「師父啊，你真的不覺得應該教訓一下那個小子嗎？」

「唉，」呂偉嘆了一口氣，臉上也浮現出哀傷的神情。「收留那孩子的道觀，跟梓蓉他們家一樣……」

聽到呂偉道長這麼說，阿吉跟梓蓉兩人臉色都跟著沉了下來，這表示那少年也跟梓蓉一樣，經歷過滅門的血案。

「那兇手抓到了嗎？」梓蓉問。

呂偉搖搖頭。

這點跟梓蓉所在的道觀不同，犯下同樣滅門血案的兇手，梓蓉這邊的已經被呂偉道長打倒，但任凡那邊的卻仍然逍遙法外，讓兩人不免對任凡起了點同情之心。

阿吉也嘆了口氣，心想或許下次兩人見面，可以握手言和。

想到這裡，阿吉忍不住轉過頭看向任凡過來的方向。

遠處的街道盡頭，任凡也站在那裡，一直罵著剛剛好不容易死裡逃生的阿康。

「你真的是……不知道人家送肉粽要避開點嗎？」任凡一臉無奈，「差點為了你被人家收了，丟乾媽的臉，你賠得起嗎？」

阿康被任凡唸到連頭都抬不起來，看到這樣的阿康，任凡也不忍心再罵下去。

而且不知道為什麼，看到他們師徒一家，讓任凡突然想家了，而且想念的不只有撚婆，還有那些在道觀裡面一起生活的日子，驀然感覺到一陣鼻酸。

對任凡來說，他們才是真正的家人，如今卻只剩下自己一個人。

想到這裡，任凡不自覺地抬起頭來，看著遠處的阿吉等人，剛好跟阿吉四目相接。

看到了任凡也看著自己，阿吉猶豫了一會之後，抬起了一隻手，跟任凡揮手道別。

任凡見了，也愣愣地舉起了手，跟阿吉揮別。

就這樣，送肉粽的隊伍再度啟程，而任凡也帶著阿康，開始了他黃泉委託人的生涯。

在這個萍水相逢的夜裡，兩個未來都將成為傳奇的燦爛之星，在這個街頭短暫地相會，然後各自飛向自己的星空，準備照亮屬於自己的那片天。

只是不管是誰都沒有辦法想到兩人之間的對罵，以及梓蓉的那一句「罵人就是罵自己」的話，會一語成讖，成為兩人終將難以逃離的宿命。

後記

大家好，我是龍雲，很高興在這邊跟大家相會。

這段時間，因為家裡的關係，很多事情都還在處理，所以有點混亂。

回想起年初寫另外一篇後記時，還希望現在這個時候，已經可以徹底擺脫疫情的影響，大家能恢復正常的生活。

但是很顯然我們還是在疫情的籠罩之下，生活還是處處受限。

因為處理家裡的事情，所以回到了一些自己小時候成長的地方，讓自己心中常常出現一些感慨，也或許是這樣的感慨，讓我想要寫下這次新增的短篇。

看著過去熟悉的街道，只剩下一點痕跡，聽著長輩們說著一些自己小時候熟悉的親朋好友，在這些年的經過，有些讓人驚訝，有些則讓人感慨萬千。

讓我不免想起，過去曾經有一位好友跟我說過的，珍惜自己所擁有的。

今天我也把這一句話，轉送給各位，希望大家都能珍惜自己所擁有的一切。

經過了這些日子，真的體會到有些時候，平靜的日子就是最幸福的時光。

最後還是希望大家會喜歡這次的故事，那麼我們下次再見嘍。

龍雲

龍雲作品 34

黃泉委託人：死神印記

國家圖書館出版品預行編目資料

黃泉委託人：死神印記 ／ 龍雲 著. 一 初版. 一
臺北市：春天出版國際，2021. 06
面；　　公分. 一（龍雲作品；34）
ISBN 978-957-741-347-5（平裝）
863.57　　110007776

ISBN 978-957-741-347-5
Printed in Taiwan

作者　龍雲
封面繪圖　啻異
總編輯　莊宜勳
主編　鍾靈
責任編輯　黃郁潔
美術設計　三石設計

出版者　春天出版國際文化有限公司
地址　台北市忠孝東路四段303號4樓之1
電話　02-7733-4070
傳真　02-7733-4069
E-mail　story@bookspring.com.tw
網址　http://www.bookspring.com.tw
部落格　http://blog.pixnet.net/bookspring
郵政帳號　19705538
戶名　春天出版國際文化有限公司
法律顧問　蕭顯忠律師事務所
出版日期　二〇二一年六月初版
定價　250元

總經銷　楨德圖書事業有限公司
地址　新北市新店區中興路二段196號8樓
電話　02-8919-3186
傳真　02-8914-5524

龍雲
作品

龍雲
作品